इश्क़ मुसाफ़िर

दर्द जब दफ़्न हो नहीं पाता
तो शायरी बन जाता है

ग़ालिब का एक मिसरा है–

'कहते हैं जिसको इश्क़ ख़लल है दिमाग़ का'

लेकिन मेरा अपना ख़याल ये है कि इश्क़ आदमी को बावला ज़रूर बनाता है लेकिन कमीना नहीं होने देता।

उस दौर में जहाँ हथियारों के ज़हरीले दाँत इन्सानियत को चबा रहे हों, हर सीने में कोई दर्द, हर ज़हन में कुछ उलझनें, हर माथे पर कुछ सिलवटें, हर आँख में कुछ बेचैन सवाल हों, दुनिया नफ़रत की यूनिवर्सिटी बनती जा रही हो, ऐसे हालात में कुछ ऐसे स्कूलों का चलते रहना बहुत ज़रूरी है जिनकी बुनियाद मोहब्बत हो।

'इश्क़ मुसाफ़िर' हर उस शख़्स के लिए तोहफ़ा है जो प्यार करना भूल गया है, जिसे ज़िन्दगी ने रोबोट बना दिया है।

इश्क़ मुसाफ़िर

दर्द जब दफ़्न हो नहीं पाता
तो शायरी बन जाता है

तनवीर ग़ाज़ी

वाणी प्रकाशन

वाणी प्रकाशन

4695, 21-ए, दरियागंज, नयी दिल्ली 110 002

फ़ोन : +91 11 23273167 फ़ैक्स : +91 11 23275710

शाखाएँ

अशोक राजपथ, पटना 800 004, बिहार

कॉफ़ी हाउस कैम्पस, महात्मा गांधी मार्ग, इलाहाबाद 211 001, उत्तर प्रदेश

महात्मा गांधी अन्तरराष्ट्रीय हिन्दी विश्वविद्यालय, वर्धा 442 001, महाराष्ट्र

सुल्तानिया रोड, मोतिया पार्क, भोपाल 462 001, मध्य प्रदेश

www.vaniprakashan.com
marketing@vaniprakashan.in
sales@vaniprakashan.in

ISHQ MUSAAFIR
by Tanveer Ghazi

ISBN : 978-93-88684-06-4
Ghazal/Nazm

पेपरबैक प्रथम संस्करण 2020

मूल्य : ₹ 299

सिटी प्रेस, दिल्ली-110 095 में मुद्रित

वाणी प्रकाशन का लोगो मक़बूल फ़िदा हुसेन की कूची से

कुछ अपने बारे में

कहते हैं किसी शायर के फ़न को समझना हो तो उसकी शख़्सियत की गहराई में उतरना बहुत ज़रूरी है!

अपने बारे में क्या लिखूँ, एक छोटे से क़स्बे के मध्यवर्गीय परिवार में पैदा हुआ एक साधारण-सा लड़का, एक ओवर सेंसिटिव लड़का, इश्क़ में नाकाम, ज़िन्दगी से नाराज़, अपने टूटे हुए ख़्वाबों की चिता जलाकर आँख में आँसू लिए एक सुनसान सड़क पर एक टीन के डिब्बे को ठोकर लगाता हुआ गुज़र रहा है।

सामने एक दरगाह दिखायी देती है। लड़का दरगाह के चबूतरे पर बैठ जाता है और सोचता है किस तरीक़े से ख़ुदकुशी की जाये, फिर अचानक जैसे आसमान से एक आवाज़ आती है–"नहीं तुम्हें जीना है, तुम्हें दर्द सहने और शेर कहने के लिए पैदा किया गया है।" यह वो लम्हा था जब पहली बार वक़्त ने मुझे शायर कहकर पुकारा था। लेकिन शायरी का सफ़र इतना आसान नहीं था। सिक्कों के उस समाज में जहाँ फ़न को हानि और लाभ के तराज़ू में तौला जाता है। मेरे लिए ये ऐलान करना बहुत कठिन था कि मैं शायर हूँ।

कई चुनौतियाँ मुँह चिढ़ा रही थीं। मेरे पाँव के नीचे ख़ुरदुरी-सी ज़मीन थी, हाथ में कमज़ोर-सी कुदाल और सामने एक पत्थर का पहाड़।

जब पिताजी को पता चला कि मुझे शायरी का शौक़ चर्राया है तो वह बहुत फ़िक्रमन्द हुए। उनकी हालत उस उद्योगपति जैसी हो गयी जिसकी फैक्टरी में अचानक आग लग गयी हो।

उन दिनों वह एक जूनियर कॉलेज में मुख्य अध्यापक थे और चाहते थे कि मैं किसी कॉलेज में अध्यापक हो जाऊँ। लेकिन यह मेरा आख़िरी फ़ैसला था कि मुझे शायर बनना है। वह बहुत नाराज़ हुए, मुझसे बात करना बन्द कर दिया लेकिन मेरे भविष्य को लेकर परेशान रहने लगे।

मैंने अपने आपसे एक वादा कर लिया था कि उन्हें कुछ बनकर दिखाऊँगा। मैंने शायरी पे बहुत मेहनत की और बहुत रियाज़त की, मेरा कलाम कुछ साहित्यिक पत्रिकाओं में छपने लगा। धीरे-धीरे मुझे मुशायरों और कवि-सम्मेलनों में बुलाया जाने लगा, फिर फ़िल्मों में गीत लिखने के अवसर मिलने लगे। शोहरतें मिलने लगीं, फैन फॉलोइंग, ऑटोग्राफ़्स, सैल्फ़ीज़, अपनी गाड़ी, अपना घर।

अब मेरे पास सब कुछ था। ज़िन्दगी से कोई शिकायत नहीं थी। फिर वह दिन भी आया जब मैं पिताजी के कमरे में दाख़िल हुआ। देखा कि वह सोफ़े पर बैठे टीवी देख रहे हैं। एनडीटीवी पर अमिताभ बच्चन साहब का इंटरव्यू चल रहा है। रवीश कुमार ने बच्चन साहब से निवेदन किया कि वह हरिवंश राय बच्चन साहब की कोई कविता सुनाएँ।

तब बच्चन साहब ने कहा मैं आपको फ़िल्म पिंक से एक कविता सुनाता हूँ जिसे तनवीर ग़ाज़ी ने लिखा है।

यह देख पिताजी भावुक हो गये, उनका सीना गर्व से चौड़ा हो गया, उनकी आँख में आँसू आ गये, वह खड़े हुए और मुझे गले से लगा लिया।

यह लम्हा मेरे जीवन का सबसे बड़ा पुरस्कार था।

शायरी कल भी मेरे जीने का कारण थी, शायरी आज भी मेरे साँस लेने का ज़रिया है।

जब तक साँस नहीं रुकती क़लम चलती रहेगी।

अनुक्रम

ग़ज़लें

उसकी आँखों में मुहब्बत की चमक आज भी है 15
इश्क़ पर वक़्त मुश्किल पड़ा है 16
तबाह करके मुझे चैन से कहाँ होगी 17
वो बाल खोले सड़क से गुज़र रही होगी 18
टेबल के जैसी क़ब्र पे ख़ाली गिलास है 19
मेरी ग़ज़ल जो बड़ी जगमगा के निकली है 20
ज़िन्दगी शाम तक मुस्कराती रही 21
जब वो आये मेरी तनहाई को त्योहार करे 22
जुदाइयों में कोई इश्क़ मर नहीं जाता 23
गर्म आँसू थम गये है उसके ठण्डे गाल पर 24
सारे सूरज डूब चुके हैं अँधियारों की झीलों में 25
दिये की तरह जलाया बुझा दिया मुझको 26
अगर ख़ुदा है, तो जंगल में कैसी प्यास, निकाल 27
जो उसके पास निशानी थी आख़िरी मेरी 28
डूबते शख़्स की सदा हूँ मैं 29
कभी अच्छा, कभी बुरा हूँ मैं 30
गीली आँखों में कोई ख़्वाब पड़ा रहता है 31
इक रूठी सी बच्ची नींद 32
जो भेद तुझमें छुपे हैं वो खोल सकता हूँ 33

वो मेरी सोच में, साँसों में, मेरी बातों में 34
किसी ने यूँ मेरे होंठों को अपना गाल दिया 35
फिर दिल के आईने में उतरने लगी हो तुम 36
मैं उसकी आँख में इक पल समा के देख सकूँ 37
जवाँ सितारों को गर्दिश सिखा रहा था मैं 38
हर तरफ़ अन्धी हवस वाले नज़र आने लगे 39
तेरा गुस्सा शोर करने की तरह है 40
बिछड़ के एक साल हो गया 41
तेरे बिना भटकता हूँ गुमराह की तरह 42
तेरे ही ध्यान में खोया हुआ मिलूँगा मैं 43
इश्क़ कहाँ अब पहले जैसा, जिस्मों का याराना है 44
घाग हैं तेरी होशियार आँखें 45
सारे दुख हम सह सकते थे 46
कह रही थी किताब फट के मुझे 47
सर पे संजीदा हाथ जैसी है 48
बिछड़ना है तो जा, सफ़ाई न दे 49
जिसका घर है वो हर रात घर जायेगा 50
मैं बदलियों को हवा में उड़ाने लाया था 51
जागा वो सारी रात मगर याद की ग़ज़ल 52
वो आईने में जूँही मेरे संग होने लगी 53
भले ही वज़्न हैं इक सिर्फ़ बीस ग्राम मेरा 54
बहुत दुखी हुई लड़की है मत दुखाओ उसे 55
दिल तेरे इश्क़ की ख़ुशबू का असीर आज भी है 56
हवा है ऐसी कि दीपक बुझा के रख देगी 57
मेरा ख़त पढ़ के रो रहा है कोई 58
इक तू ही मेरा प्यार था, तू ही मुझे मिला नहीं 59
इक तुझे जब से खो चुका हूँ मैं 60
इश्क़ ख़ुदा है, इश्क़ ख़ुदा है, कहता था 61

यही समय है मोहब्बत की शायरी कर दूँ	62
ये इश्क़ है ये कोई मैथ्स की क्लास नहीं	63
उदासियों का लिबास ओढ़े, दिवाना बनकर फिरा करूँगा	64
यहाँ क्या क़त्ल ख़्वाबों का हुआ है	65
हमारी आँख में अब के जो खारा पानी है	66
दिल की चाहत बदचलन होने लगी	67
इश्क़ की रौशनी रसीली है	68
इश्क़ तिनका है जो उस पार हुआ चाहता है	69
मेरी ही कोई ग़ज़ल गुनगुना रही होगी	70
सुबह के वक़्त खिड़की में आया न कर	71
इक नयी डिश बना रहे हैं लोग	72
वफ़ा की रेशमी चादर को तार-तार किया	73
तनहाइयों की आग में जलने के बाद भी	74
तेरा ख़त पाके ख़ुशी दिल को हुई है ऐसे	75
दुनिया की फ़िक्र घुल गयी उस के ख़्याल में	76
ज़माने बाद मिली हो तो आओ रो लें हम	77
आज का दिन जुदाई का दिन है	78
मैं रहूँ दूर तो मिलने की दुआ करती है	79
आ सँवर जा कि सब क़तार में हैं	80
तू नहीं थी तेरी महकी चिट्ठियाँ थीं और हम	81
जब उसकी याद मेरे साथ चलने लगती है	82
जो रेशम सा था वो तेरा प्यार था	83
वो हुस्न है कि सितारा सा झिलमिलाया है	84
किसी की याद में छुप-छुप के रो रहा हूँ मैं	85
जो दिन के दस बजे सोई हुई है	86
ये दिल जुड़ा रहा अक्सर किसी हसीन के साथ	87
मैं दिया था तो मेरा मान बढ़ाया जाता	88
ग़ज़ल को हाथ लगा कर जवाँ बनाता हूँ	89

किया है इश्क़ तो दिन-रात डट के रोना है 90
चींख़ भी परायी है, शोर भी पराया है 91
दिल जल रहा है तो ज़रा खुन्नस निकाल दूँ 92
कई सदियों के प्यासे सूरजों का दिल धड़कता है 93
बारह बजकर बीस मिनट पर, उसकी गाड़ी आयी थी 94
वो याद आये तो उड़ती हैं तितलियाँ जैसे 95
दुनियादारी सीख लेंगे ख़ुदग़रज़ हो जायेंगे 96
चाँद चौकीदार बनकर नौकरी करने लगा 97
जो पूरा हो नहीं पाया उसी वचन के लिए 98
साँवले जिस्म को सुलगा चन्दन कर डालूँ 99
दरवाज़े पर बैठी हुई है सजी सजाई शाम 100
ग़म का मौसम गुज़र गया होगा 101
रात के एक बजे छत पे खड़ी थी ख़ुशबू 102
जनम-जनम का वादा टूटा 103
ज़मीं को छोड़ फ़लक से नज़र मिलाने जा 104
दिल जल बुझा, उमंग बनाऊँ तो किस तरह 105
मैं समझता था वो मेरी तक़दीर है 106
मैं आ गया हूँ सँवर के तेरी सगाई में 107
जिसको भूले हुए इक ज़माना हुआ 108
हाथों में उसके चाय की प्याली है आज भी 109
यूँ सुस्त न चल 110

नज़्में

प्रपोज़ डे 113
बस आख़िरी बार तुझे देखूँ 114
तू एक समन्दर की शाम जैसी 116
अब आ भी जा 117
तू ही तू 118

कहाँ है तू	120
ये खेल है जारी सदियों से	122
तेरे वजूद का एहसास है तो ज़िन्दा हूँ	124
तेरे बाद भी	126
सपने को ज़िन्दा रहने दे	127
31 दिसम्बर	128
क़ब्र के पास	129
इक बातूनी सी लड़की थी	131
चन्दू	132
दिवाली	134
औरत	135
चलो अच्छा किया तुमने	137
ऐ रौशन शहर के बूढ़े समन्दर	138
जेलॅसि	139
एक लड़की	140
याद तो होगी वो गर्मी की शाम तुम्हें	141
एक चाँद	142

कुछ लफ़्ज़ बिखरे बिखरे

तुझको सोचा आँख में आँसू तब आया है जान	145
अब टपकने लगी हो आँखों से	146
तेरी आँखों की रोशनी की क़सम	147
सब किताबें फाड़ दीं	148
पुरानी डायरी से	149
वो अगर चाहती तो मिट जाता	150
एक उलझी सी डोर है दुनिया	151
उसने हसीन आँखों पे चश्मा चढ़ा लिया	152
आज फिर इश्क़ में दिल टूटा है	153

चन्द सिक्के थे जो खोटे निकले	154
दर्द यूँ लम्हा लम्हा बढ़ता है	155
मुझे भुलाने की कोशिशों में	156
हमारे दरमियाँ है एक दरिया	157
मैं बिन पंखों का जुगनू था	158
वो रौशनी अभी निकली है तेरे चेहरे से	159
मैं तिरे दिल में मुसाफ़िर की तरह रहता हूँ	160
हवा में उड़ते रहते हैं मेरी तक़दीर के टुकड़े	161
मेरी आँखें हैं बन्द भी तो क्या	162
हर काम अच्छे से करने लगा हूँ	163
किसी के इश्क़ को ऐसी तड़प क़िस्मत से मिलती है	164
कुछ बरस मेरे ख़्वाबों में आने के बाद	165
यहाँ से याद मेरी उम्र भर न आये तुझे	166
खिलौना जिस्म का इस बार टूट सकता है	167
दुखी मौसम में इक लम्हे की ख़ुशहाली निकल आयी	168
हवा इक पल में रेशम बन गयी है	169
जो मुझको छोड़ गया था, वो क्यों बुलाये मुझे	170
क्या ख़बर थी कि दिल फिर उधर जायेगा	171
वो आँखें जिनकी सुन्दरता पे नज़्में लिख रहा हूँ मैं	172
जो हो सके तो अदा कर कि तेरा फ़र्ज़ है कुछ	173
बेवफ़ाई की भी उसको वाजबी क़ीमत मिली	174
मैं चाहता हूँ कि दीपक जले, हवा न चले	175
हर एक नर्म किरन इत्र में नहाई है	176
ये इश्तिहार सी दुनिया तो झूट मूट की है	177
इसी फ़ज़ा में पला है यहीं पे उतरेगा	178
ज़माना बूँद को तरसेगा जब बरसात जायेगी	179

ग़ज़लें

उसकी आँखों में मुहब्बत की चमक आज भी है

उसकी आँखों में मुहब्बत की चमक आज भी है
उसको हालाँकि मेरे प्यार पे शक आज भी है

नाव में बैठ के धोए थे कभी हाथ उसने
सारे तालाब में मेहँदी की महक आज भी है

मेरी इक शर्ट में कल उसने बटन टाँका था
शहर के शोर में चूड़ी की खनक आज भी है

ज़ख़्म सब सूख गये हैं मेरे मरहम के बिना
मेरी इक दोस्त की मुट्ठी में नमक आज भी है

जिसपे टूटा था वो तेरा मेरा पक्का रिश्ता
गाँव के मोड़ पे वो कच्ची सड़क आज भी है

इश्क़ पर वक़्त मुश्किल पड़ा है

इश्क़ पर वक़्त मुश्किल पड़ा है
उम्र छोटी है सपना बड़ा है

जान दे कर छुड़ा लूँगा इक दिन
दिल तेरे पास गिरवी पड़ा है

इश्क़ की उम्र क्या पूछती हो
अक्ल से नौ महीने बड़ा है

कोई लहरों को मरहम बना दे
चाँद साहिल पे ज़ख़्मी पड़ा है

इश्क़ है ऐसा पत्थर का पुतला
जिसके माथे पे हीरा जड़ा है

तबाह करके मुझे चैन से कहाँ होगी

तबाह करके मुझे चैन से कहाँ होगी
मुझे बुझा के वो ख़ुद भी धुआँ धुआँ होगी

किसी ने छोड़ दिया है मुझे तो सोचता हूँ
जिसे मैं छोड़ चुका हूँ वो अब कहाँ होगी

मैं एक पेड़ के नीचे उदास बैठा हूँ
वो अपने चाहने वालों के दरमियाँ होगी

हमारी प्यास के सजदों के नक़्श हैं इस पर
इसी चट्टान से कोई नदी रवाँ होगी

जो मेरे मील के पत्थर को चाँद करती थी
अँधेरे कुछ तो बता वो किरण कहाँ होगी

वो बाल खोले सड़क से गुज़र रही होगी

वो बाल खोले सड़क से गुज़र रही होगी
हवा की रूह में ख़ुशबू उतर रही होगी

हवा समेट के लायी है छोटे-छोटे चाँद
वो अपने हाथ के नाख़ुन कतर रही होगी

तमाम रात रही सूने रास्ते को जलन
कि रेल फिर किसी पुल से गुज़र रही होगी

कई दिनों से भँवर उसके इन्तज़ार में था
वो नाव आज नदी में उतर रही होगी

दवाई लेके खड़ी होगी नर्स जैसी याद
किसी मरीज़ की हालत सुधर रही होगी

टेबल के जैसी क़ब्र पे ख़ाली गिलास है

टेबल के जैसी क़ब्र पे ख़ाली गिलास है
इसमें ज़रूर दफ़्न कोई देवदास है

इक तेरी सादगी है जो बारिश की पहली बूँद
इक मेरी आशिक़ी है जो पत्थर की प्यास है

आगे तो और सख़्त सिलेबस है जानेमन
ये बेक़रारी इश्क़ की पहली क्लास है

हालाँकि तुम से अब कोई रिश्ता नहीं मगर
जिस दिन से तुम गयी हो मेरा जी उदास है

नाकाम हो गयीं सभी चिंगारियाँ मेरी
कमबख़्त उसकी याद ही भीगी कपास है

नफ़रत की डायरी की सभी डेट्स ख़ुश मिलीं
मैं इश्क़ हूँ सो मेरा कैलेण्डर उदास है

मेरी ग़ज़ल जो बड़ी जगमगा के निकली है

मेरी ग़ज़ल जो बड़ी जगमगा के निकली है
ये रौशनी कई पत्थर हटा के निकली है

हवाएँ रोज़ बताती हैं छेड़कर मुझको
वो घर से कौन सी ख़ुशबू लगा के निकली है

न जाने किसका मुक़द्दर सँवरने वाला है
वो इक किताब में चिट्ठी छुपा के निकली है

मैं सारी उम्र जिन्हें पार कर ना पाऊँगा
वो चन्द ऐसी लकीरें बना के निकली है

मेरे खँडहर को भी वीरान करना चाहती थी
सो जाते-जाते परिन्दे उड़ा के निकली है

ये इश्क़ विश्क का नाटक भी ख़त्म ही समझो
वो मन के मंच का परदा गिरा के निकली है

ज़िन्दगी शाम तक मुस्कराती रही

ज़िन्दगी शाम तक मुस्कराती रही
वो मेरे साथ फ़ोटो खिंचाती रही

देर तक मैं सुनाता रहा अपना दुःख
देर तक वो च्युइंगम चबाती रही

मैं अँगूठी लिए उसको तकता रहा
और वो उँगली से चाबी घुमाती रही

रेल की पटरियों से कई रोज़ तक
कटने वाले की आवाज़ आती रही

उसकी गर्दन पे था दाँत का इक निशान
सारा दिन ओढ़नी से छुपाती रही

जब वो आये मेरी तनहाई को त्योहार करे

जब वो आये मेरी तनहाई को त्योहार करे
एक लड़की मुझे बच्चे की तरह प्यार करे

मैं वो सूरज हूँ कि ज़ंज़ीर पिघल जाती है
वो मुझे रेशमी धागों से गिरफ़्तार करे

मैं अब इस तरह गुज़रता हूँ गली से उसकी
जैसे अन्धा कोई डर डर के सड़क पार करे

ख़्वाब की लाश पड़ी है न जनाज़ा न कफ़न
दिल किसे फ़ोन करे और किसे तार करे

मेरे अन्दर है कोई चौदह बरस का लड़का
होंठ से कुछ न कहे, आँख से इज़हार करे

जुदाइयों में कोई इश्क़ मर नहीं जाता

जुदाइयों में कोई इश्क़ मर नहीं जाता
ये वो दुपट्टा है जिसका कलर नहीं जाता

उसी की याद बिछी होगी कच्ची सड़कों पर
मैं अपने गाँव यही सोच कर नहीं जाता

उदासियों का सबब पूछती है हर दीवार
सड़क पे घूमता रहता हूँ घर नहीं जाता

हटा न हाथ मेरे इस उदास माथे से
कि जब तलक तेरा बीमार मर नहीं जाता

हमारे मन का ये मज़दूर भी निठल्ला है
तुझी को सोचता है काम पर नहीं जाता

गर्म आँसू थम गये है उसके ठण्डे गाल पर

गर्म आँसू थम गये हैं उसके ठण्डे गाल पर
क़र्ज़ बढ़ता जा रहा है अब मेरे रूमाल पर

ये सुरीली सोच मेरी और उसकी मीठी याद
जैसे कोयल बैठ जाये जामुनों की डाल पर

अब वो पीपल पूछता है तेरा साथी है कहाँ
लिख दिया था तुमने मेरा नाम जिसकी छाल पर

रात भर इक जश्न सा रहता है दिल के देस में
उसकी यादें नाचती हैं धड़कनों की ताल पर

इश्क़ में ये ज़िन्दगी इक जोक बनके रह गयी
अब तो ये तन्हाई भी हँसती है मेरे हाल पर

सारे सूरज डूब चुके हैं अँधियारों की झीलों में

सारे सूरज डूब चुके हैं अँधियारों की झीलों में
और हम जुगनू ठूँस रहे हैं कुछ बुझती कन्दीलों में

कैसी-कैसी दीवारों को आँधी ने दफ़नाया है
कैसे-कैसे महल दबे हैं रेत के ऊँचे टीलों में

मुट्ठी भर उजियारा लेकर महफ़िल महफ़िल फिरते हैं
हमको पता है किसका तेल है यारों की क़न्दीलों में

बाज़ अकेला पंख समेटे, एक कोने में बैठा है
सरदारी की जंग छिड़ी है, कुछ कव्वों और चीलों में

दिये की तरह जलाया बुझा दिया मुझको

दिये की तरह जलाया बुझा दिया मुझको
किसी ने प्यार किया और भुला दिया मुझको

मैं फूल बनके महकता था जिसकी बाँहों में
उसी की याद ने पत्थर बना दिया मुझको

मेरा वजूद खुले ख़त की तरह था लेकिन
पढ़े बग़ैर ही उसने जला दिया मुझको

मैं उसके हाथ पे सिन्दूर बनके ठहरा था
पर उसने धूल समझ के उड़ा दिया मुझको

भले ही उसने मेरे साथ बेवफ़ाई की
पर उसके प्यार ने जीना सिखा दिया मुझको

अगर ख़ुदा है, तो जंगल में कैसी प्यास, निकाल

अगर ख़ुदा है, तो जंगल में कैसी प्यास, निकाल
मैं पत्थरों को निचोड़ूँगा तू गिलास निकाल

हमारी सोच में कीड़े तलाश करता है
तू छेद करके रज़ाई से मत कपास निकाल

मेरी ग़ज़ल अभी रस्सी पे चलने वाली है
जो देखना है ये सर्कस तो पहले पास निकाल

ज़माने बाद मिला है ख़ुदा अकेले में
वो सुन रहा है तो जी खोल के भड़ास निकाल

कोई परी है जो पारो सा प्यार देगी तुझे
तू पहले जिस्म के अन्दर से देवदास निकाल

जो उसके पास निशानी थी आख़िरी मेरी

जो उसके पास निशानी थी आख़िरी मेरी
सुना है उसने जला दी वो बाँसुरी मेरी

मैं हो गया हूँ उसी रोज़ से बड़ा शायर
वो गुनगुनाने लगी जबसे शायरी मेरी

जो मुझसे एक बिपाशा ने बेवफ़ाई की
तो याद आई बहुत मुझको माधुरी मेरी

मैं सेव करने लगा जब से आईपैड में शेर
बहुत उदास है उस दिन से डायरी मेरी

टिकिट की तरह सँभाले हुए हूँ एक सपना
वो मान जाये तो खुल जाये लॉटरी मेरी

डूबते शख़्स की सदा हूँ मैं

डूबते शख़्स की सदा हूँ मैं
एक इक लहर पर लिखा हूँ मैं

दफ़्न हूँ इक फ़सील के अन्दर
कई सदियों से चींखता हूँ मैं

प्यास कहती थी ख़ुदकुशी कर ले
इक समन्दर में डूबता हूँ मैं

जब वो आयेगी आँख खोलूँगा
सब समझते हैं मर चुका हूँ मैं

मेरी बदली को ये ख़बर ही नहीं
धूप में रेत पर पड़ा हूँ मैं

एक बिजली के पोल के नीचे
बावले की तरह खड़ा हूँ मैं

कभी अच्छा, कभी बुरा हूँ मैं

कभी अच्छा, कभी बुरा हूँ मैं
हाँ मगर तुमको चाहता हूँ मैं

तूने पूछा नहीं कभी मुझसे
तेरे बिन कैसे जी रहा हूँ मैं

अब तो हर आने जाने वाले से
तेरे बारे में पूछता हूँ मैं

तुम जो चाहो तो माँग में भर लो
रंग हूँ राह में पड़ा हूँ मैं

जो पहुँचता नहीं तेरे घर तक
ऐसा वीरान रास्ता हूँ मैं

पत्ते-पत्ते पे है तेरी तस्वीर
पत्ते-पत्ते को चूमता हूँ मैं

ज़िन्दगी तेरे काले पत्थर पे
कोयले से लिखा हुआ हूँ मैं

गीली आँखों में कोई ख़्वाब पड़ा रहता है

गीली आँखों में कोई ख़्वाब पड़ा रहता है
तेज़ बरसात में मिट्टी का घड़ा रहता है

रात भर रूह किसी कॉल का रस्ता देखे
रोज़ इक फ़ोन सिरहाने से पड़ा रहता है

एक नदिया है जो इक एक भँवर पर मग़रूर
एक प्यासा है जो पानी पे खड़ा रहता है

ज़िन्दगी भागती है हिरनी के बच्चे की तरह
वक़्त चीते की तरह पीछे पड़ा रहता है

एक क़तरा है जो सपने की सुरक्षा के लिए
मेरी पलकों पे सिपाही सा खड़ा रहता है

इक रूठी सी बच्ची नींद

इक रूठी सी बच्ची नींद
आ भी जा ऐ अच्छी नींद

तेरे बदन की खुशबू से
खुल जाती है कच्ची नींद

गाँव के पीपल की छाया
याद आती है अच्छी नींद

नकली वादे असली इश्क़
झूठा सपना सच्ची नींद

जो भेद तुझमें छुपे हैं वो खोल सकता हूँ

जो भेद तुझमें छुपे हैं वो खोल सकता हूँ
तेरे बदन को निगाहों से तोल सकता हूँ

यक़ीन हो चला उसको मेरी मोहब्बत पर
मैं एक झूठ अभी और बोल सकता हूँ

जो तीन शब्द कहे तुझसे फ़ोन पर मैंने
मैं सिर्फ़ उतनी ही अंग्रेज़ी बोल सकता हूँ

भले ही रेशमी बादल उड़ा नहीं सकता
मैं तेज़ धूप में छतरी तो खोल सकता हूँ

वो मेरी सोच में, साँसों में, मेरी बातों में

वो मेरी सोच में, साँसों में, मेरी बातों में
वो एक वक़्त में पहुँचा कई बरातों में

किसी बदन में कई बल्ब हो गये रौशन
बड़ी अजीब सी बिजली थी मेरे हाथों में

ऐ जनवरी तू किसी से ये बात मत कहना
कोई मिला था दिसम्बर की सर्द रातों में

गिरी थी ओस मेरे दिल के जलते पत्ते
मुहब्बतों की वो ठण्डक थी उसकी बातों में

सफ़ेद साड़ी में देखा था मैंने चाँद कोई
उसी को ढूँढ़ता रहता हूँ काली रातों में

किसी ने यूँ मेरे होंठों को अपना गाल दिया

किसी ने यूँ मेरे होंठों को अपना गाल दिया
कि ख़ुद हवाओं ने खिड़की पे परदा डाल दिया

हवा बुझाने चली थी दिया, मगर मैंने
हवा को तेल बना कर दिये में डाल दिया

ये मेरे आँसू नहीं हैं, उदास बच्चे हैं
ख़ुद इनकी माँओं ने घर से इन्हें निकाल दिया

किसी की याद ने उपकार कर दिया हम पर
हमारी आँख से सारा नमक निकाल दिया

फिर दिल के आईने में उतरने लगी हो तुम

फिर दिल के आईने में उतरने लगी हो तुम
शीशे की धूल उड़ा के सँवरने लगी हो तुम

मेरे लिए तो पंख से हल्की हो आज भी
कुछ लोग कह रहे थे कि भरने लगी हो तुम

ये रूप, ये लचक, ये चमक और ये नमक
शादी के बाद और निखरने लगी हो तुम

मैं कोयले की तरह सुलगने लगा हूँ जान
लोबान के धुएँ-सी बिखरने लगी हो तुम

अक्सर मैं देखता हूँ कि शीशे के शहर से
पत्थर की पालकी में गुज़रने लगी हो तुम

किस से कहूँ कि रूह के काग़ज़ पे आज कल
चिंगारियों की तरह ठहरने लगी हो तुम

गीली है मेरी आँख तो क्या दिल के देस में
पानी के रास्ते से उतरने लगी हो तुम

मैं उसकी आँख में इक पल समा के देख सकूँ

मैं उसकी आँख में इक पल समा के देख सकूँ
ऐ क़ाश ख़ुद को मैं सपना बना के देख सकूँ

मेरे ख़ुदा मुझे कल इतना हौसला देना
बिछड़ते वक़्त उसे मुस्कुरा के देख सकूँ

तू दफ़्न है मेरे दिल में मगर कहाँ फ़ुरसत
कि तेरे चेहरे को मिट्टी हटा के देख सकूँ

वो इतनी दूर कि मीलों का फ़ासला कम है
वो इतनी पास कि चैनल चला के देख सकूँ

ये हक़ भी छीन लिया मुझसे तेज़ बारिश ने
अँधेरे में तुझे माचिस जला के देख सकूँ

जवाँ सितारों को गर्दिश सिखा रहा था मैं

जवाँ सितारों को गर्दिश सिखा रहा था मैं
कल उसके हाथ का कंगन घुमा रहा था मैं

उसी दिये ने जलाया मेरी हथेली को
कि जिसकी लौ को हवा से बचा रहा था मैं

तमाम गोपियाँ मसरूफ़ थीं नुमाइश में
अकेला खेत में बंसी बजा रहा था मैं

वो प्यार कल मेरी आँखों में पढ़ लिया उसने
जो प्यार एक बरस से छुपा रहा था मैं

ये बात धूप को शायद बहुत ख़राब लगी
सुलगती रेत पे बादल बिछा रहा था मैं

हर तरफ़ अन्धी हवस वाले नज़र आने लगे

हर तरफ़ अन्धी हवस वाले नज़र आने लगे
इश्क़ की दूकान पर ताले नज़र आने लगे

मैं तो सिगरेट की तरह जल भी गया बुझ भी गया
ज़िन्दगी के होंठ क्यों काले नज़र आने लगे

दिलजले ने साँस ली तो एक शोला-सा उड़ा
और हवा के जिस्म पर छाले नज़र आने लगे

इक शराबी ने ख़ुदा से माँगी बारिश की दुआ
और गगन पर रूई के गाले नज़र आने लगे

तेरा गुस्सा शोर करने की तरह है

तेरा गुस्सा शोर करने की तरह है
मेरी चाहत आह भरने की तरह है

ये जो तुम रातों को मैसेज भेजती हो
ये अमल भी इश्क़ करने की तरह है

ये नज़र प्यासे मुसाफ़िर की तलब सी
और तेरा हुस्न झरने की तरह है

शायरी का क़ाम भी दिल के लहू से
पत्थरों को पेंट करने की तरह है

तू घमण्डी है किसी सरकार जैसी
और मेरा इश्क़ धरने की तरह है

बिछड़ के एक साल हो गया

बिछड़ के एक साल हो गया
मैं ज़िन्दा हूँ कमाल हो गया

ये जो हवस है वर्तमान है
वो इश्क़ भूतकाल हो गया

जो ज़िन्दगी हराम हो गयी
तो ज़हर भी हलाल हो गया

मेरा लहू ज़मीन पर गिरा
और आसमान लाल हो गया

मुशायरा है क़ब्र की तरह
ग़ज़ल का इन्तेक़ाल हो गया

तेरे बिना भटकता हूँ गुमराह की तरह

तेरे बिना भटकता हूँ गुमराह की तरह
पहले ख़बर था अब हूँ मैं अफ़वाह की तरह

मेरी हवस ने बाँध लिया सर पे इक रुमाल
वो पाक ज़िस्म था किसी दरगाह की तरह

आवारगी करे तेरी गलियों में नौकरी
मिल जाये इक झलक मुझे तनख़्वाह की तरह

ये बात अलग है तू मलिका बन नहीं सकी
चाहा था मैंने तुझको शहंशाह की तरह

तेरे ही ध्यान में खोया हुआ मिलूँगा मैं

तेरे ही ध्यान में खोया हुआ मिलूँगा मैं
तू जब भी आयेगी रोया हुआ मिलूँगा मैं

अभी तो शाम है स्वागत है पहले आँसू का
सवेरे तक तुझे धोया हुआ मिलूँगा मैं

सवेरे पाँच बजे मैं खड़ा था चौखट पर
वो सोचती थी कि सोया हुआ मिलूँगा मैं

मैं तेरी आँख से टपका था, रेत में नहीं ढूँढ़
किसी किरन में पिरोया हुआ मिलूँगा मैं

तू जिस शराब की बोतल में क़ैद कर गयी थी
उसी में अब भी डुबोया हुआ मिलूँगा मैं

तू मेरी खोज में इक दिन ज़रूर निकलेगी
पुरानी क़ब्र में सोया हुआ मिलूँगा मैं

इश्क़ कहाँ अब पहले जैसा, ज़िस्मों का याराना है

इश्क़ कहाँ अब पहले जैसा, ज़िस्मों का याराना है
बिजली की इक शमअ जली है, कागज़ का परवाना है

अब की बार जो मिलने आओ, घड़ी पहन कर मत आना
मुझको तुम्हारा हाथ पकड़ कर, वक़्त से आगे जाना है

आ जा अपनी मौत से पहले, तुझमें दाख़िल हो जाऊँ
फिर मुझको ज़िन्दा होना है, फिर ख़ुद को दोहराना है

उसको समझा कर आया हूँ, अपना रिश्ता यहीं तक था
तन्हा रोया हूँ कमरे में, अब ख़ुद को समझाना है

तू है इक मुस्कान, रहेगी तस्वीरों के एल्बम में
और मैं हूँ इक आँसू मुझ को, मिट्टी में मिल जाना है

घाग हैं तेरी होशियार आँखें

घाग हैं तेरी होशियार आँखें
ख़ूब करती हैं कारोबार आँखें

उफ़ तुम्हारा ये मज़हबी चेहरा
और मेरी गुनाहगार आँखें

जिस्म उसका है सात परदों में
देख लेती हैं आरपार आँखें

मैं धुआँ था जो हो गया काजल
देख कर उसकी धारदार आँखें

दिल बड़ा बेवक़ूफ है मेरा
और तेरे पास होशियार आँखें

सारे दुख हम सह सकते थे

सारे दुख हम सह सकते थे
मिलते तो ख़ुश रह सकते थे

बीच में धर्म न आया होता
हम दोनों संग रह सकते थे

हम हंसों का जोड़ा बन कर
इक नदिया में बह सकते थे

गगन पे तुम हो धरा पे मैं हूँ
हवा में हम ख़ुश रह सकते थे

ख़ुद से भी जो कह नहीं पाये
इक दूजे से कह सकते थे

कह रही थी किताब फट के मुझे

कह रही थी किताब फट के मुझे
क्या मिला मीर जी को रट के मुझे

शायरी कारोबार थी पहले
बीस मिलते थे दस मिनट के मुझे

मैं जो पलटा तो मैंने ये देखा
उसने देखा ही फिर पलट के मुझे

सुबह तक अब तुम्हें पिघलना है
आग कहने लगी लिपट के मुझे

आज तक रूह में नमी सी है
इतना रोयी थी वो लिपट के मुझे

सर पे संजीदा हाथ जैसी है

सर पे संजीदा हाथ जैसी है
तू बुज़ुर्गों की बात जैसी है

आख़री बस के जैसी लड़की तुम
ज़िन्दगी सर्द रात जैसी है

तुझसे बाहर नहीं मेरा कुछ भी
तू मेरी क़ायनात जैसी है

तुझसे बिछड़ा था साढ़े सात बजे
हर घड़ी साढ़े सात जैसी है

बिछड़ना है तो जा, सफ़ाई न दे

बिछड़ना है तो जा, सफ़ाई न दे
तू मरते हुए को दवाई न दे

मैं ये चाहता हूँ कि मेरे सिवा
किसी और को तू दिखाई न दे

ये सन्नाटा बेकार मेरे लिए
अगर साँस तेरी सुनाई न दे

अगर उम्र भर साथ रहना नहीं
मेरे हाथ में फिर कलाई न दे

मुझे उस सितारे पे रहना नहीं
जहाँ से तेरा घर दिखाई न दे

ग़रीबों के बच्चों सा दिल है मेरा
मुहब्बत की महँगी मिठाई न दे

यूँ ही बस मुझे बन्द आँखों में रख
तू पलकें उठा के रिहाई न दे

जिसका घर है वो हर रात घर जायेगा

जिसका घर है वो हर रात घर जायेगा
जिसका घर ही नहीं वो किधर जायेगा

जागने वाला रातों को तेरे बिना
नींद की गोलियाँ खाके मर जायेगा

दर्द एक सरफिरी आँच का नाम है
दर्द मौसम नहीं जो गुज़र जायेगा

जानेमन इतने आँसू बहाया न कर
रूह के ज़ख़्म में पानी भर जायेगा

मुझको मालूम है दिल है काग़ज़ का शेर
एक माचिस की तीली से डर जायेगा

मैं बदलियों को हवा में उड़ाने लाया था

मैं बदलियों को हवा में उड़ाने लाया था
सुलगते शहर पे शबनम गिराने लाया था

वो भीगी भीगी सी लड़की बुझा गयी सूरज
जिसे मैं धूप में कपड़े सुखाने लाया था

वो एक रात में जन्नत दिखा गयी मुझको
मैं उसके हुस्न को दिल्ली दिखाने लाया था

वही सहेली मुझे लूटती रही जिसको
मैं तेरे हाथ पे मेहँदी लगाने लाया था

वो एक घण्टे से इंग्लिश पढ़ा रही है मुझे
जिसे मैं रूम में उर्दू सिखाने लाया था

जागा वो सारी रात मगर याद की ग़ज़ल

जागा वो सारी रात मगर याद की ग़ज़ल
शागिर्द ने चुराई है उस्ताद की ग़ज़ल

ऊँचे अदब के मुँह पे कोई थूकता नहीं
इस भीड़ में सुनाओ कोई दाद की ग़ज़ल

पत्थर से तोड़ता था वो नक़्क़ाद शेर को
हम उसके पास ले गये फौलाद की ग़ज़ल

ये नहर दूध की जो चली है पहाड़ से
शीरीन को सुनाएगी फरहाद की ग़ज़ल

वो आईने में जूँही मेरे संग होने लगी

वो आईने में जूँही मेरे संग होने लगी
जो धूल काँच पे ठहरी थी रंग होने लगी

ये ज़िन्दगी किसी सूखे कुएँ का काग़ज़ थी
तुम्हारे हाथ लगी तो पतंग होने लगी

तेरी तलाश में लहरों पे चल रहा था मैं
तो पानियों में अचानक सुरंग होने लगी

वो लग रही थी नये घाघरे में देसी गर्ल
पुरानी जींस पहन कर फिरंग होने लगी

घड़ी के काँटे भी बारह के बाद उड़ने लगे
अँधेरी रात की चोली भी तंग होने लगी

भले ही वज़्न हैं इक सिर्फ़ बीस ग्राम मेरा

भले ही वज़्न हैं एक सिर्फ़ बीस ग्राम मेरा
मगर तराजू भी करते हैं एहतराम मेरा

मैं मोम ज़िस्म लिए छाँव में खड़ा था मगर
वो धूप पूछ रही थी हवा से नाम मेरा

मुझे वो बर्फ़ की बोतल में क़ैद रखती है
उसे ख़बर नहीं सूरज भी है गुलाम मेरा

मेरी किताब कहीं से ख़रीद ली जब से
सहेलियों को सुनातीं है वो कलाम मेरा

मैं तेरे हाथ की रेखाएँ चेंज कर दूँगा
ऐ ज़िन्दगी तू किसी रोज़ हाथ थाम मेरा

बहुत दुखी हुई लड़की है मत दुखाओ उसे

बहुत दुखी हुई लड़की है मत दुखाओ उसे
या उसको मुक्त करो या दुल्हन बनाओ उसे

वो कह रही थी कि तुम मुझको भूल जाओगे
अगर मिली तो बता दूँगा दिल के घाव उसे

वो बेवफ़ा है तो उसकी सज़ा यही है कि तुम
उसी के पास रहो और नज़र न आओ उसे

बिठा दिया है किसी गुलबदन के पास मुझे
मगर ये शर्त रखी हाथ मत लगाओ उसे

जो बच गया तो समन्दर को क़ैद कर लेगा
अभी वो डूब रहा है बढ़ो बचाओ उसे

चली है फिर से वो अन्धी हवा कुएँ की तरफ़
पकड़के हाथ ज़रा रास्ता दिखाओ उसे

दिल तेरे इश्क़ की ख़ुशबू का असीर आज भी है

दिल तेरे इश्क़ की ख़ुशबू का असीर आज भी है
ख़्वाब की क़ब्र पे यादों का अबीर आज भी है

जिसकी इक फूँक से बहता हुआ दरिया रुक जाये
दिल की दरगाह में एक ऐसा फ़क़ीर आज भी है

इसी मिट्टी को कुरेदो कि उजाला निकले
इस जगह दफ़्न ज़माने का ज़मीर आज भी है

जो तेरी रूह तलक जिस्म से होकर पहुँचे
मेरे हाथों में वो आवारा लकीर आज भी है

खोल दे बाल मेरी रूह में ख़ुशबू भर दे
मैं ग़रीब आज भी हूँ और तू अमीर आज भी है

हवा है ऐसी कि दीपक बुझा के रख देगी

हवा है ऐसी कि दीपक बुझा के रख देगी
हर इक मज़ार की चादर उड़ाके रख देगी

सफ़ेद प्याज़ के छिलके पे ठहरी चिंगारी
तमाम शहर के पत्थर जलाके रख देगी

वो रात भर मुझे काग़ज़ पे रख के चूमेगी
सवेरे मेज़ के नीचे छुपा के रख देगी

मैं जाऊँगा तो वो देखेगी मेरी आँखों में
हर आईने को दुपट्टा उढ़ा के रख देगी

पता चलेगा उसे जब कि जा रहा हूँ मैं
वो मेरा बैग किचन में छुपा के रख देगी

मेरा ख़त पढ़ के रो रहा है कोई

मेरा ख़त पढ़ के रो रहा है कोई
मैले शब्दों को धो रहा है कोई

तेरी बाँहों में भी उदास हूँ मैं
जैसे जन्नत में रो रहा है कोई

अपनी तरसी हुई तमन्ना को
बोतलों में डुबो रहा है कोई

रात की ख़ामोशी के सीने में
अपनी चीखें चुभो रहा है कोई

रोज़ लगता है मेरे सीने पर
अपना सर रख के रो रहा है कोई

इक तू ही मेरा प्यार था, तू ही मुझे मिला नहीं

एक तू ही मेरा प्यार था, तू ही मुझे मिला नहीं
होना न था जो हो गया, होना जो था हुआ नहीं

क्या बात है कि जिस घड़ी, मुझको वो छोड़ कर गयी
आँखें भी नम नहीं हुईं, दिल भी मेरा दुखा नहीं

इतने दिनों का साथ था, उस साथ का लिहाज़ कर
माना कि अपने दरमियाँ, रिश्ता कोई रहा नहीं

तू मेरे साथ थी मगर, तुझ बिन सुलग रहा था मैं
ये बात अलग है अपना दुःख, तुझसे कभी कहा नहीं

फिर दिल के काँच पर कोई, तस्वीर बन नहीं सकी
तेरी जगह जो ले सके, ऐसा कोई मिला नहीं

इक तुझे जब से खो चुका हूँ मैं

इक तुझे जब से खो चुका हूँ मैं
कितना आवारा हो चुका हूँ मैं

रात भीगे रुमाल जैसी हुई
रात भर कितना रो चुका हूँ मैं

इक समन्दर को पीने निकला था
रेत में दफ़्न हो चुका हूँ मैं

अब वो मुझको पराया कहती है
जिसके बिस्तर पे सो चुका हूँ मैं

तूने बर्बाद करना चाहा था
देख बर्बाद हो चुका हूँ मैं

इश्क़ ख़ुदा है, इश्क़ ख़ुदा है, कहता था

इश्क़ ख़ुदा है, इश्क़ ख़ुदा है, कहता था
इस बस्ती में कोई पागल रहता था

दबा पड़ा है अब वो मिट्टी के नीचे
जिसके पाँव के नीचे सोना रहता था

इक जलते रस्ते पर प्यासे चलते थे
और रस्ते के नीचे दरिया बहता था

किसे ख़बर थी सचमुच छोड़ ही जायेगा
उसको जाना है वो अक्सर कहता था

तू ही बारिश, तू ही गर्मी, तू ही ठण्ड
मन जोगी था, सारे मौसम सहता था

यही समय है मोहब्बत की शायरी कर दूँ

यही समय है मोहब्बत की शायरी कर दूँ
इन आसुँओं से इलाक़े में रौशनी कर दूँ

वो पास आये तो उसकी सियाह साड़ी पर
मैं पीले-पीले गुलाबों से रौशनी कर दूँ

अभी-अभी मुझे दफ़ना के जा चुके हैं लोग
तेरे लिए मैं जनाज़े को पालकी कर दूँ

फ़रिश्ता आये मुझे इक गिलास पानी दे
फिर उसको ख़ून पिला कर मैं आदमी कर दूँ

मैं लफ़्ज़ लफ़्ज़ उठाता हूँ सुर बनाता हूँ
क़लम को हाथ लगाऊँ तो बाँसुरी कर दूँ

ये इश्क़ है ये कोई मैथ्स की क्लास नहीं

ये इश्क़ है ये कोई मैथ्स की क्लास नहीं
यहाँ पचास का मतलब है सौ, पचास नहीं

कहा था मुझसे ये बिजली गिराने वाले ने
तेरा बदन ही जलेगा तेरा लिबास नहीं

तू जानती है, मैं तुझसे बिछड़ने वाला हूँ
मगर ये क्या है कि इस बार तू उदास नहीं

दरअसल मेरी ग़ज़ल मुश्क है परख इसको
ये कोई इत्र में भीगी हुई कपास नहीं

उदासियों का लिबास ओढ़े, दिवाना बनकर फिरा करूँगा

उदासियों का लिबास ओढ़े, दिवाना बनकर फिरा करूँगा
मैं ख़ुश न रह पाऊँगा तेरे बिन, तू ख़ुश रहे ये दुआ करूँगा

तू बन्द कमरे में साँस लेगी, तो जान जायेगी हाल मेरा
हवा के काग़ज़ पे आँसुओं से, मैं रोज़ इक ख़त लिखा करूँगा

अकेला ख़ामोश सा रहूँ मैं, हमेशा मदहोश सा रहूँ मैं
अगर तेरी याद इक नशा है, तो उम्र भर ये नशा करूँगा

वो ऐसे ज़ुल्फ़ें सँवारती थी, वो ऐसे मुझको पुकारती थी
जो तू न होगी तो तेरी बातें, मैं दोस्तों से किया करूँगा

यहाँ क्या क़त्ल ख़्वाबों का हुआ है

यहाँ क्या क़त्ल ख़्वाबों का हुआ है
तेरी आँखों में क्यों क़र्फ़्यू लगा है

मैं जिसके इश्क़ में मिट्टी हुआ था
उसे सोने के पानी से लिखा है

मेरी आँखों में अक्सर दिखने वाला
मेरी आवाज़ के पीछे छुपा है

जहाँ बिछड़े थे हम उन साहिलों पर
हमारा नाम लहरों ने लिखा है

उसी से जल रही है मेरी सिगरेट
जो मेरी मेज़ पर सूरज रखा है

हमारी आँख में अब के जो खारा पानी है

हमारी आँख में अब के जो खारा पानी है
ये सब नमक उसी बेदर्द की निशानी है

तुम्हारा नाम किसी शंख पर लिखा होगा
इसी उमीद पे साहिल की रेत छानी है

वो छत पे आयी थी नीला दुपट्टा ओढ़े हुए
तभी तो शहर का रंग आज आसमानी है

कई दुखों की दरारें हैं इसके गुम्बद पर
हमारे इश्क़ की मस्जिद बहुत पुरानी है

मेरा वजूद, मेरी शायरी, मेरी शोहरत
ये सब तुम्हारी मोहब्बत की मेहरबानी है

दिल की चाहत बदचलन होने लगी

दिल की चाहत बदचलन होने लगी
अब ये परछाईं पवन होने लगी

एक लड़की ने मुझे लॉकेट दिया
एक औरत को जलन होने लगी

एक इक सिलवट मेरे बिस्तर की आज
उसके माथे की शिकन होने लगी

जाल बुनना चाहती है रौशनी
इक दिये की लौ किरन होने लगी

बर्फ़ जैसी रात है, और ज़िन्दगी
एक विधवा का बदन होने लगी

इश्क़ की रौशनी रसीली है

इश्क़ की रौशनी रसीली है
दिल की सारी ज़मीन गीली है

एक लड़की थी आब ए ज़म ज़म सी
आज उसने शराब पीली है

चन्द लम्हे गुज़ारे उसके साथ
ज़िन्दगी आज हमने जी ली है

सिर्फ़ आँखें नहीं हैं मधुशाला
उसकी आवाज़ भी नशीली है

उसकी आँखों ने डस लिया था कभी
आज तक मेरी रूह नीली है

इश्क़ तिनका है जो उस पार हुआ चाहता है

इश्क़ तिनका है जो उस पार हुआ चाहता है
और दरिया है कि दीवार हुआ चाहता है

ये जो इक शोर है धड़कन का मेरे सीने में
तेरी पाज़ेब की झनकार हुआ चाहता है

तुम जो आयी हो तो इक रोज़ की छुट्टी ले लूँ
ये जुमेरात भी इतवार हुआ चाहता है

ख़ूबसूरत सी कोई नर्स है तेरे अन्दर
दिल वो बच्चा है कि बीमार हुआ चाहता है

कुछ मेरी आँखों ने पहना है हवस का चश्मा
कुछ तेरा जिस्म भी अख़बार हुआ चाहता है

मेरी ही कोई ग़ज़ल गुनगुना रही होगी

मेरी ही कोई ग़ज़ल गुनगुना रही होगी
वो दिल के ज़ख़्म को मरहम दिखा रही होगी

किसी ने छेड़ दिया होगा लेके मेरा नाम
हथेलियों से वो चेहरा छुपा रही होगी

बहाना चाहिए बस मेरी बात करने का
सहेलियों को वो एल्बम दिखा रही होगी

मेरी घड़ी में अभी बज रहे हैं साढ़े आठ
कबूतरों को वो आटा खिला रही होगी

क्यों आज शाम हवाएँ हैं भीगी-भीगी सी
वो मेरी याद में आँसू बहा रही होगी

सुबह के वक़्त खिड़की में आया न कर

सुबह के वक़्त खिड़की में आया न कर
देख सूरज को शीशा दिखाया न कर

गाँव के कच्चे रस्ते सा दिल है मेरा
कार की तरह मिट्टी उड़ाया न कर

कैमरे की तरह है ये मेरी नज़र
आते जाते तू फ़ोटो खिंचाया न कर

तेरी आँखों में दिखने लगा है धुआँ
अपने सीने में काग़ज़ जलाया न कर

नाम लिखती है अपने लहू से मेरा
आँसुओं से उसे फिर मिटाया न कर

इक नयी डिश बना रहे हैं लोग

इक नयी डिश बना रहे हैं लोग
दूध में फिश बना रहे हैं लोग

शायरी रूह की रियाज़त है
इसको वर्ज़िश बना रहे हैं लोग

एक अंगूर जैसी औरत को
कैसे किशमिश बना रहे हैं लोग

अच्छी ख़ासी ज़बान है उर्दू
इसको इंग्लिश बना रहे हैं लोग

एक बच्चे की तरह दिल है मेरा
जिसको सेल्फ़िश बना रहे हैं लोग

वफ़ा की रेशमी चादर को तार-तार किया

वफ़ा की रेशमी चादर को तार-तार किया
ये एक क़त्ल ही मैंने पचास बार किया

किसी ने आँख से तिनका निकालने को कहा
फिर अपने होंठ से हमको गुनाहगार किया

वो ओढ़नी हमें अब तक दुआएँ देती है
जिसे हमारी शराफ़त ने दाग़दार किया

मेरी नज़र की किरन पाक थी जिसे मैंने
तेरे लिबास के शीशे के आर-पार किया

वो मेरी फैन है उससे यही शिकायत है
कि उसने दीप नहीं, रोशनी से प्यार किया

तनहाइयों की आग में जलने के बाद भी

तनहाइयों की आग में जलने के बाद भी
चाहा है तुझको तेरे बदलने के बाद भी

सपने में एक छाँव सी लड़की थी इसलिए
सोता रहा मैं धूप निकलने के बाद भी

लिपटी हुई है मुझसे तेरे जिस्म की महक
जाती नहीं है कपड़े बदलने के बाद भी

कमरे में हर तरफ़ तेरा फ़ोटो था जानेमन
घर में रहा मैं घर से निकलने के बाद भी

इक आरज़ू थी दिल में समन्दर की लहर सी
सूरज को छू सकी न उछलने के बाद भी

मैं देर तक तेरी ही गली में पड़ा रहा
तेरी गली से दूर निकलने के बाद भी

तेरा ख़त पाके ख़ुशी दिल को हुई है ऐसे

तेरा ख़त पाके ख़ुशी दिल को हुई है ऐसे
किसी मज़दूर को तनख़्वाह मिली हो जैसे

इस तरह उसने मेरी ओर उछाली चिट्ठी
जिस तरह पुल से नदी में कोई फेंके पैसे

दिल की ख़्वाहिश है, तेरे साथ गुज़ारूँ इक शाम
गर ये हो जाये तो, हो जायेगा, लेकिन कैसे

यूँ तेरी याद में हर लम्हा धड़कता जाये
मेरा दिल, दिल नहीं दीवार घड़ी हो जैसे

तू अगर सामने आ जाये तो क्या बोलूँगा
तेरे घर तक तो चला आया हुआ मैं जैसे-तैसे

दुनिया की फ़िक्र घुल गयी उस के ख़्याल में

दुनिया की फ़िक्र घुल गयी उसके ख़्याल में
जैसे किसी ने धूल मिला दी गुलाल में

तिनका था उसमें डूब के तारा बना हूँ मैं
पड़ता है एक ऐसा भँवर उसके गाल में

मन्दिर की सीढ़ियों पे खड़ी थी मेरी ग़ज़ल
मैं दीप बन के जल उठा पूजा के थाल में

चंचल थी वो बहुत बड़ी गम्भीर हो गयी
कितनी बदल गयी है फ़क़त सात साल में

ज़र्रे थे हम तो ख़ूब फिरे ख़ुशबुओं के साथ
जुगनू बने तो फँस गये मकड़ी के जाल में

ज़माने बाद मिली हो तो आओ रो लें हम

ज़माने बाद मिली हो तो आओ रो लें हम
इन आँसुओं से जुदाई के ज़ख़्म धो लें हम

अब उसके रेशमी आँचल को क्या ख़राब करें
अकेले ही किसी कोने में जा के रो लें हम

वह एक मोर का आँसू है उसकी क़द्र करें
उसे गुलाब की पत्ती पे लेके तौलें हम

तुम्हारे प्यार के पानी से पाक हो जायें
फिर उसके बाद ख़ुदा की किताब खोलें हम

तुम्हें जो सोचा तो आँखों में आ गया पानी
इसी में अगली ग़ज़ल के चने भिगो लें हम

जो ज़िन्दगी ने बिछाए दहकते अंगारे
इन्ही पे उसका दुपट्टा बिछा के सो लें हम

आज का दिन जुदाई का दिन है

आज का दिन जुदाई का दिन है
आँसुओं की रिहाई का दिन है

आज मुझ को शराब पीने दो
आज उसकी सगाई का दिन है

हुस्न की देवी दर्द बाँटेगी
शायरों की कमाई का दिन है

आज है मेरे ग़म की सालगिरह
ये तेरी बेवफ़ाई का दिन है

मैं रहूँ दूर तो मिलने की दुआ करती है

मैं रहूँ दूर तो मिलने की दुआ करती है
और मिलूँ मैं तो बहुत दूर रहा करती है

मेरे माथे पे पसीना नहीं आने देती
एक लड़की है दुपट्टे से हवा करती है

दो बरस पहले छपी थीं मेरी ग़ज़लें जिसमें
चुपके-चुपके वही अख़बार पढ़ा करती है

डाकिया बन के बहुत ख़ुश है हवा का झोंका
उसकी तन्हाई मुझे पत्र लिखा करती है

एक बच्चे की तरह मैं भी पलट जाता हूँ
जब वो माँ की तरह आवाज़ दिया करती है

आ सँवर जा कि सब क़तार में हैं

आ सँवर जा कि सब क़तार में हैं
आईने तेरे इन्तेज़ार में हैं

कितना मुश्किल है दिन जुदाई का
सात दिन एक सोमवार में हैं

मैं न मिल पाऊँ तो क्षमा करना
और भी लड़कियाँ क़तार में हैं

उसने पहने हैं काग़ज़ी कपड़े
लोग बारिश के इन्तेज़ार में हैं

वैसे आँसू हैं मेरी पलकों पर
जैसे मोती तुम्हारे हार में हैं

तू नहीं थी तेरी महकी चिट्ठियाँ थीं और हम

तू नहीं थी तेरी महकी चिट्ठियाँ थीं और हम
सूना कमरा पट हिलाती खिड़कियाँ थीं और हम

एक इक मिसरे पे उनके फूल से होंठों की दाद
शहर की कुछ ख़ूबसूरत लड़कियाँ थीं और हम

क़ैद कर रक्खा था हाथों की लकीरों में हमें
उसकी मख़मल सी मुलायम मुट्ठियाँ थीं और हम

रात भर तापा किये इक दूसरे के तन की आग
जनवरी की जानलेवा सर्दियाँ थीं और हम

कोई वादा कर के उस दिन भी नहीं आया वहाँ
इक किनारा चन्द टूटी कश्तियाँ थीं और हम

उसकी यादों से अकेले में बहुत बातें हुईं
छाँव, फ़ुरसत, गर्मियों की छुट्टियाँ थीं और हम

जब उसकी याद मेरे साथ चलने लगती है

जब उसकी याद मेरे साथ चलने लगती है
तो उड़ती धूल से ख़ुशबू निकलने लगती है

वो मुझसे हाथ मिलाती है जब मोहब्बत से
तो मेरे हाथ की रेखा बदलने लगती है

मिलन के सुरमई सपने में आग है ऐसी
कि उसके सब्र की चाँदी पिघलने लगती है

शरीफ़ आईना करता है अपनी आँखें बन्द
शरीर शब जहाँ कपड़े बदलने लगती है

वो देके जाती है इक दर्द पर्वतों जैसा
हमारी आँख से गंगा निकलने लगती है

जो रेशम सा था वो तेरा प्यार था

जो रेशम सा था वो तेरा प्यार था
ज़माना तो पत्थर की दीवार था

तुम्हारी भी आँखों में थी कुछ हवस
मेरा दिल भी थोड़ा गुनहगार था

जहाँ रुक गये थे तुम्हारे क़दम
उसी ग़म से आगे मेरा प्यार था

मुझे वो मोहब्बत नहीं मिल सकी
मैं जैसी मोहब्बत का हक़दार था

तेरा नाम ले ले के कल मर गया
दीवाना कई दिन से बीमार था

वो हुस्न है कि सितारा सा झिलमिलाया है

वो हुस्न है कि सितारा सा झिलमिलाया है
ये मुझसे मिलने अँधेरे में कौन आया है

मैं आज ख़ुश हूँ चिराग़ो उदास जाओ
मेरी गली में मेरा चाँद लौट आया है

ये बात अलग है तेरा हाथ मेरे हाथ में है
मुझे पता है कि तू आज भी पराया है

मैं मरना चाहूँ जहाँ धूप का कफ़न ओढ़े
वहाँ भी दूर तलक सिर्फ़ तेरा साया है

हमारे बीच वो जिसने लकीर खींची थी
उसी हवस ने हमें आज फिर मिलाया है

किसी की याद में छुप-छुप के रो रहा हूँ मैं

किसी की याद में छुप-छुप के रो रहा हूँ मैं
पुराने ख़्वाब को पानी से धो रहा हूँ मैं

इक आसमान अदब से खड़ा है क़दमों में
ज़मीन ओढ़ के पानी पे सो रहा हूँ मैं

तुम्हारे होंठ पे हलकी सी चोट चुप सी है
गुनाहगार सा शर्मिन्दा हो रहा हूँ मैं

कि जिस तरह किसी मुट्ठी से रेत गिरती है
उसी तरह तुझे हर लम्हा खो रहा हूँ मैं

ग़ज़ल कहाँ किसी सूरज की नर्म किरनों में
उदास ओस के मोती पिरो रहा हूँ मैं

जो दिन के दस बजे सोई हुई है

जो दिन के दस बजे सोई हुई है
वो लड़की रात भर रोई हुई है

उसे आहिस्ता छूना ऐ हवाओ
वो मेरे ध्यान में खोई हुई है

समन्दर ने जिसे सदियों सताया
वो मछली धूप में सोई हुई है

दिया औंधा पड़ा है सीढ़ियों पर
हवा दीवार पर सोई हुई है

अभी तक ढूँढ़ता है मेरा बचपन
अठन्नी सी कहीं खोई हुई है

ये दिल जुड़ा रहा अक्सर किसी हसीन के साथ

ये दिल जुड़ा रहा अक्सर किसी हसीन के साथ
कभी जया कभी जूली कभी जबीन के साथ

बला की आग भरी थी हर एक पुर्ज़े में
तमाम रात मैं सोया किसी मशीन के साथ

मेरे दुखों का वो बन्धन तुम्हारी याद से है
इन आँसुओं का जो रिश्ता है आस्तीन के साथ

वो इतनी दूर गयी है नज़र नहीं आती
मैं सब दिशाओं में भटका हूँ दूरबीन के साथ

मेरे ख़ुदा मुझे तुझसे बहुत शिकायत है
मैं आसमान पे आऊँगा अब ज़मीन के साथ

मैं दिया था तो मेरा मान बढ़ाया जाता

मैं दिया था तो मेरा मान बढ़ाया जाता
उसके मेहँदी लगे हाथों से जलाया जाता

मेरे पानी में कोई देख रहा था चेहरा
काश इस वक़्त ये पत्थर न गिराया जाता

डस्टबिन में पड़ी चिट्ठी की तमन्ना थी यही
काश मुझको किसी तकिये में छुपाया जाता

मेज़ के काँच पे आँसू से लिखा नाम था मैं
काश मुझको तेरे आँचल से मिटाया जाता

एक लम्हे में चमक जाता वो हीरे की तरह
मेरा आँसू किसी पत्थर को पिलाया जाता

ग़ज़ल को हाथ लगा कर जवाँ बनाता हूँ

ग़ज़ल को हाथ लगा कर जवाँ बनाता हूँ
मैं बाँझ राजकुमारी को माँ बनाता हूँ

ये देखने को बहुत बेक़रार है सूरज
मैं अपनी मोम की मूरत कहाँ बनाता हूँ

मेरे हुनर को हवा भी मिटा नहीं सकती
मैं पत्थरों पे क़दम के निशाँ बनाता हूँ

जहाँ तुम्हारी कुदालें भी टूट जाती हैं
मैं ठोकरों से वहाँ पर कुआँ बनाता हूँ

इसीलिए है तपस्या की तिल बने तेरा
मैं एक दीप हूँ काला धुआँ बनाता हूँ

किया है इश्क़ तो दिन-रात डट के रोना है

किया है इश्क़ तो दिन-रात डट के रोना है
हमें भी मीर के शेरों को रट के रोना है

अब उसका नर्म सा कन्धा नहीं कि सर रख दें
वो याद आये तो ख़ुद से लिपट के रोना है

मुहब्बतों का मुक़द्दर यहाँ जुदाई है
महकती बेल को पीपल से कट के रोना है

मेरी उदास वफ़ा का नसीब नाकामी
ये वो पतंग जिसे रोज़ फट के रोना है

ग़ज़ल में यूँ तो कई लोग रोते हैं ग़ाज़ी
मगर तुम्हें ज़रा औरों से हट के रोना है

चींख़ भी परायी है, शोर भी पराया है

चींख़ भी परायी है, शोर भी पराया है
सिर्फ़ एक सन्नाटा, मेरे साथ आया है

फिर कोई नयी साज़िश, होगी आग की बारिश
आसमाँ ने सूरज को, चाय पर बुलाया है

ग़ौर से मुझे देखो, मैं ही वो दरिन्दा हूँ
जिसको एक औरत ने देवता बनाया है

रात उसके कमरे में, रौशनी करेंगे हम
हमने धूप का टुकड़ा, छाँव में छुपाया है

वो ख़ुदा ही भेजेगा, दूध से भरी बोतल
जिसने भूके बच्चे का पालना हिलाया है

ज़िन्दगी हमारी है, फ़ैसला है क़िस्मत का
धूप तीस मीलों तक, तीन फ़ुट का साया है

तूने जिस पिटारे में, मुझको फूल भेजे थे
उसमें इक कबूतर ने, घोंसला बनाया है

दिल के दर्द जा तुझको ख़ुश रखे मेरा मालिक
तू ने एक अन्धे को, रास्ता दिखाया है

दिल जल रहा है तो ज़रा खुन्नस निकाल दूँ

दिल जल रहा है तो ज़रा खुन्नस निकाल दूँ
आकाश की तरफ़ कोई पत्थर उछाल दूँ

जबसे सुना है हाथ की रेखा में तू नहीं
जी चाहता है हाथ पे तेज़ाब डाल दूँ

दीवार बन गया है जो दुनिया की राह में
सूरज बना हूँ तो वही पर्वत पिघाल दूँ

ख़तरा तो जान का है मगर सोचता हूँ मैं
उस शेरनी के पाँव से काँटा निकाल दूँ

कई सदियों के प्यासे सूरजों का दिल धड़कता है

कई सदियों के प्यासे सूरजों का दिल धड़कता है
सुनहरी झील के सीने से जब आँचल ढलकता है

कि जैसे चर्च में धीमे सुरों में वायलिन गूँजे
तेरे होंठों से यूँ आवाज़ का अमृत छलकता है

मेरे बारे में कल वो कह रही थी इक सहेली से
वो मुझसे बात करता है मगर थोड़ा झिझकता है

मेरे क़िस्मत पे कोई दूसरी लड़की सही लेकिन
मेरे लॉकेट के हीरे में तेरा चेहरा चमकता है

ये साबित करने में उम्रें गँवा डाली बुज़ुर्गों ने
फ़क़त इक बाल्टी पानी में सूरज डूब सकता है

बारह बजकर बीस मिनट पर, उसकी गाड़ी आयी थी

बारह बजकर बीस मिनट पर, उसकी गाड़ी आयी थी
फिर उसके बाद स्टेशन पर, मैं था और तन्हाई थी

सारे वादे झूठे निकले, तूने मुझको छोड़ दिया
याद आयी वो बात, जो मुझको, लोगों ने समझायी थी

इस कमरे की वीरानी में, पत्थर बन के रहता हूँ
आख़िरी बार वो मुझसे मिलने, इस कमरे में आयी थी

तेरी आहट सुनते ही मैं, भागा-भागा आया था
दरवाज़ा जब खोल के देखा, घूँघट में तन्हाई थी

शब्द-शब्द पर कान लगाये, धरती अम्बर सुनते थे
तेरी मेरी प्रेम कहानी, समय ने जब दोहरायी थी

आज तलक मैं पर्वत-पर्वत, उस आवाज़ की खोज में हूँ
दूर कहीं आकाश के तट पर, इक चूनर लहरायी थी

जनम-जनम का जलता सूरज, मन के अन्दर शान्त हुआ
मैंने उन गीले होंठों से, ऐसी ठण्डक पायी थी

वो याद आये तो उड़ती हैं तितलियाँ जैसे

वो याद आये तो उड़ती हैं तितलियाँ जैसे
किताब खुलते ही गिरती हों चिट्ठियाँ जैसे

बहुत से दर्द छुपाये हैं मैंने दुनिया से
रज़ाई ओढ़ के रोती हैं लड़कियाँ जैसे

तेरे बिना मेरे बिस्तर की सलवटें हैं उदास
किसी ग़रीब के माथे की झुर्रियाँ जैसे

वो भीगी आँखें और उनमें चिताएँ सपनों की
समन्दरों में सुलगती हों कश्तियाँ जैसे

तेरे बिना ही गुज़रती हैं उम्र की घड़ियाँ
तवे पे जलती हों चुपके से रोटियाँ जैसे

दुनियादारी सीख लेंगे ख़ुदग़रज़ हो जायेंगे

दुनियादारी सीख लेंगे ख़ुदग़रज़ हो जायेंगे
हम तुम्हारे शहर की इस भीड़ में खो जायेंगे

सारे कम्बल क़ीमती अलमारियों में क़ैद हैं
भूखे बच्चे बर्फ़ जैसी फ़र्श पर सो जायेंगे

मेरे आँसू गर यूँही पीती रही प्यासी ज़मीं
देखना ये रेत के ज़र्रे नमक हो जायेंगे

रात अँधियारा है सो इक जान है दोनों बदन
दिन के उजियारे में दोनों अजनबी हो जायेंगे

ये हवा कम उम्र है पत्ते बिखेरेगी बहुत
बूढ़े बादल आयेंगे सारी सड़क धो जायेंगे

चाँद चौकीदार बनकर नौकरी करने लगा

चाँद चौकीदार बनकर नौकरी करने लगा
उसके दरवाज़े के बाहर रौशनी करने लगा

वह नहाकर नीली साड़ी पहने छत पर आ गयी
एक जिन बोतल से निकला आशिक़ी करने लगा

बाल खोले नर्म सोफ़े पर पड़ी थी इक परी
मेरे अन्दर इक फ़रिश्ता ख़ुदकुशी करने लगा

जो पूरा हो नहीं पाया उसी वचन के लिए

जो पूरा हो नहीं पाया उसी वचन के लिए
वो आत्मा सी भटकती रही सजन के लिए

हवा गुलाब से ख़ुशबू चुरा के लायी है
दुखों की सेज पे लेटी हुई दुल्हन के लिए

वो जिसके इश्क़ में पागल ने ख़ुदकुशी की थी
उसी की ओढ़नी लायी गयी कफ़न के लिए

नदी को डूबते सूरज ने बददुआ दी है
तू रात भर यूँही तरसे किरन किरन के लिए

उदास हिरनी सी मासूम है तेरी चाहत
उपास रखने लगी बेवफ़ा हिरन के लिए

साँवले जिस्म को सुलगा चन्दन कर डालूँ

साँवले जिस्म को सुलगा चन्दन कर डालूँ
आ मैं तेरी रूह को रौशन कर डालूँ

कंकर फेंकूँ बहता पानी रुक जाये
तेरे लिए दरिया को दर्पन कर डालूँ

उस लड़की को बस इक चिन्ता रहती है
कैसे चाँद को अपना कंगन कर डालूँ

उसने कहा था आओ बिछड़ने से पहले
अपना सब कुछ तुमको अर्पन कर डालूँ

ज़हर भरा है उसकी नीली आँखों में
सोच रहा हूँ सागर मन्थन कर डालूँ

दरवाज़े पर बैठी हुई है सजी सजाई शाम

दरवाज़े पर बैठी हुई है थकी थकाई शाम
किसका रस्ता देख रही है बुझी बुझाई शाम

सात बजे जब सूरज डूबा चूमे मेरे होंठ
आठ बजे इक तारा निकला हुई परायी शाम

माँ के आँचल जैसी उस दिन नर्म हवाएँ थीं
मेरे आँसू पोंछ रही थी दुखी दुखाई शाम

शाम लहू-लहू थी उस दिन जब हम बिछड़े थे
उसके बाद उस नीम के नीचे कभी न आयी शाम

तुम आ जाओ थके हुए सूरज को छुट्टी दो
दो दिन से बेचैन है मुझमें रुकी रुकाई शाम

ग़म का मौसम गुज़र गया होगा

ग़म का मौसम गुज़र गया होगा
अब तो दरिया उतर गया होगा

ग़म को ज़िन्दा किया था रात ने कल
दिन निकलते ही मर गया होगा

सुबह फिर धूप में नहाई है
अब तो वो भी सँवर गया होगा

देखकर मेरे साथ इक लड़की
उसका चेहरा उतर गया होगा

आते जाते जो छेड़ता था तुझे
अब वो लड़का सुधर गया होगा

रात के एक बजे छत पे खड़ी थी ख़ुशबू

रात के एक बजे छत पे खड़ी थी ख़ुशबू
सुबह देखा मेरे बिस्तर पे पड़ी थी ख़ुशबू

इतनी मासूम कि बच्चे की हँसी हो जैसे
उम्र में तीन बरस मुझसे बड़ी थी ख़ुशबू

अब मुझे छोड़ने वाली है ज़माने के लिए
मेरी ख़ातिर ही ज़माने से लड़ी थी ख़ुशबू

मैं इधर पाँव के काँटे से परेशाँ था उधर
फूल हाथों में लिए दर पे खड़ी थी ख़ुशबू

मेरी साँसें हैं किराये की उसे इल्म न था
कई सदियों से मेरे पीछे पड़ी थी ख़ुशबू

जनम-जनम का वादा टूटा

जनम-जनम का वादा टूटा
तुम भी झूठी मैं भी झूठा

आज ही ग़म की मौत हुई है
बरसों पुराना साथी छूटा

अम्बर से तो फूल गिरे थे
ताजमहल फिर कैसे टूटा

इक लड़की थी भरी-भरी सी
इक शायर था टूटा-फूटा

तुम बिछड़ी तो मेरे अन्दर
थर्मोकॉल का मन्दिर टूटा

ज़मीं को छोड़ फ़लक से नज़र मिलाने जा

ज़मीं को छोड़ फ़लक से नज़र मिलाने जा
उदास जी है तो छत पर पतंग उड़ाने जा

उसी ने फिर मेरा ख़त फाड़ कर कहा मुझसे
बड़ा करेगा मुहब्बत अबे दीवाने जा

अकेले आग के दरिया को पार कर लूँगा
मुझे तेरी भी ज़रूरत नहीं ज़माने जा

अजीब लुत्फ़ है इस्मतदरी के लम्हों का
मुशायरे में किसी दिन ग़ज़ल सुनाने जा

वो धूप अब भी तेरा इन्तज़ार करती है
मेरे परिन्दे वहाँ अपने पर सुखाने जा

दिल जल बुझा, उमंग बनाऊँ तो किस तरह

दिल जल बुझा, उमंग बनाऊँ तो किस तरह
अब राख से मैं रंग बनाऊँ तो किस तरह

अख़बार ये भी ख़ून में भीगा है मेरे लाल
इससे तेरी पतंग बनाऊँ तो किस तरह

नफ़रत की इक चटान मेरे रास्ते में है
सूई से मैं सुरंग बनाऊँ तो किस तरह

तनहाइयों की झील में ठहराव है बहुत
तिनके से मैं तरंग बनाऊँ तो किस तरह

फिर आशिक़ी सिखानी है इक दुनियादार को
बनिये को अब मलंग बनाऊँ तो किस तरह

मैं समझता था वो मेरी तक़दीर है

मैं समझता था वो मेरी तक़दीर है
जो किसी और कमरे की तस्वीर है

जिसने लौटाई पीतल की पायल मुझे
उसके पैरों में सोने की ज़ंजीर है

ये जो मेरे गले में है तावीज़ एक
इसके अन्दर भी तेरी ही तसवीर है

पहले उसने मेरे दिल पे क़ब्ज़ा किया
अब मेरा जिस्म भी उसकी जागीर है

सैकड़ों नाम हैं उसके इक फ़ोन में
उसके दिल में मगर सिर्फ़ तनवीर है

मैं आ गया हूँ सँवर के तेरी सगाई में

मैं आ गया हूँ सँवर के तेरी सगाई में
ज़रा सा ज़हर मिला दे मेरी मिठाई में

ये तेरे दिल की ज़मीं दूसरे के नाम सही
हमारा इश्क़ मिलेगा यहाँ खुदाई में

गुनाहगार सा मैं चुप खड़ा था उसके हुज़ूर
और आँसू बोल रहे थे मेरी सफ़ाई में

वो देखो तार पे लटकी है रिश्ते की चादर
बहुत से दाग़ थे, निकले नहीं धुलाई में

जब उसके जिस्म को ओढ़ा तो ये दुआ माँगी
तमाम उम्र गुज़र जाये इस रज़ाई में

जिसको भूले हुए इक ज़माना हुआ

जिसको भूले हुए इक ज़माना हुआ
आज फिर उसकी गलियों में जाना हुआ

दिल की दुनिया में सूरज उगा ही नहीं
धूप देखे हुए इक ज़माना हुआ

ऐ हवा उससे कह देना ज़िन्दा हूँ मैं
उसकी बस्ती में गर तेरा जाना हुआ

अपने 'उन' का ये फ़ोटो दिखाना मुझे
तुमको जब भी मेरा दिल दुखाना हुआ

ज़ख़्म पिछली मोहब्बत का सूखा नहीं
दिल फिर अगले सफ़र पर रवाना हुआ

इश्क़ में अब कोई मरता वरता नहीं
जान देने का फ़ैशन पुराना हुआ

हाथों में उसके चाय की प्याली है आज भी

हाथों में उसके चाय की प्याली है आज भी
इक दोपहर मेरे लिए ख़ाली है आज भी

ये सोच कर कि भीगे हुए होंगे तेरे बाल
थोड़ी-सी धूप हमने निकाली है आज भी

हाथों में उसके ग़ैर की मेहँदी सही मगर
आँखों में मेरी नाम की लाली है आज भी

मैं तो उतर गया था मोहब्बत की रेल से
इक सीट मेरे नाम की ख़ाली है आज भी

बारिश हुई है दर्द की दिल के मकान पर
दीवार कोई टूटने वाली है आज भी

यूँ सुस्त न चल

यूँ सुस्त न चल
रफ़्तार बदल

चेहरा है तेरा
या ताजमहल

तू शोख़ किरन
मैं झील का जल

जीना है अगर
कमरे से निकल

या ऊँट ख़रीद
या रेत पे चल

नज़्में

प्रपोज़ डे

जब मैंने इज़हार किया था
और तूने इनकार किया था

शाम लहू लहू थी उस दिन

इक आशिक़ का क़त्ल हुआ था
इक शायर ने जन्म लिया था

बस आख़िरी बार तुझे देखूँ

बस आख़िरी बार तुझे देखूँ
जीने की दुआ मत दे साथी
ये साथ यहीं तक था अपना
अब मुझको इजाज़त दे साथी

चुपचाप सा इक सन्नाटा है
मेरी सोच के सुर कुछ मद्धम हैं
जीवन के कैलैंडर में शायद
मेरी उम्र की तारीख़ें कम हैं

ये साँस कि जो मेहमान सी है
ये साँस मेरा सरमाया है
तितली के तिल सा जीवन है
जो मेरे हिस्से आया है

जब साँझ हो बिल्कुल फ़ुरसत में
जब जेब समय की ख़ाली हो
तब याद मुझे तू कर लेना
जब दूर गगन पर लाली हो

मेरे नाम की बूँदें बरसेंगी
तू क़तरा क़तरा पी लेना
वो लम्हे जो मैं जी न सका
तू उन लम्हों को जी लेना

बस आख़िरी बार तुझे देखूँ
जीने की दुआ मत दे साथी
ये साथ यहीं तक था अपना
अब मुझको इजाज़त दे साथी

तू एक समन्दर की शाम जैसी

तू एक समन्दर की शाम जैसी
मोहबतों के मक़ाम जैसी

ये तेरी मासूम सी अदाएँ
कि जैसे भीगी हुई हवाएँ

ये रूप तितली का पंख जैसे
या रेत पर कोई शंख जैसे

तू इश्क़ की आरज़ू जगाये
तू शायरों के कलाम जैसी

तू एक समन्दर की शाम जैसी
मोहबतों के मक़ाम जैसी

अब आ भी जा

अब आ भी जा
बूढ़ा कैलेंडर है
बीमार सा तेरे बिन

दिन कुछ निकम्मा है
रविवार सा तेरे बिन

बेरोज़गार दिन को
कुछ काम दे दे
अब आ भी जा

बेनाम सा है रिश्ता
कुछ नाम दे दे
अब आ भी जा

तू ही तू

•

तेरे ध्यान के धीमे दरिया में
पत्ते की तरह मैं बहता हूँ
मेरे यार की ओर मुझे ले चल
हर एक लहर से कहता हूँ

जो लिखा है मेरे माथे पर
तुझे सोचूँ तो आयत हो जाये
दीदार तेरा मैं कर लूँ तो
आँखों की इबादत हो जाये

मेरे पास हो तू तुझे छू लूँ मैं
मेरी रूह में इक उजियारा हो
तेरा नूर पड़े मेरी मिट्टी पर
मेरा कंकर कंकर तारा हो

तेरे इश्क़ का सूरज साये सा
तेरी महकी धूप में तपता हूँ
चेहरा है तेरा हर मनके में
तन्हाई की माला जपता हूँ

तेरे ध्यान के धीमे दरिया में
पत्ते की तरह मैं बहता हूँ
मेरे यार की ओर मुझे ले चल
हर एक लहर से कहता हूँ

कहाँ है तू

तेरा होना ज़रूरी है
कहाँ है तू, कहाँ है तू

मुझे सर्दी के मौसम में
तेरी साँसों की हल्की आँच को महसूस करना है
तेरी लाली से अपनी ख़्वाहिशों में रंग भरना है

तेरा होना ज़रूरी है
कहाँ है तू, कहाँ है तू

तुझी को सोचता हूँ मैं
मेरे माथे की हर सिलवट मिटा दे अपने होंठों से
मेरे बालों में अपनी उँगलियों से कंघियाँ कर दे

तेरा होना ज़रूरी है
कहाँ है तू, कहाँ है तू

तेरी गहरी सी आँखें हैं
मुझे अब अपना चेहरा देखना है तेरी आँखों में
पता करना है दो झीलों में सूरज कैसा दिखता है

तेरा होना ज़रूरी है
कहाँ है तू, कहाँ है तू

मुझे कुछ बात करनी है
तेरे महके बदन पर रेंगती बारिश की बूँदों से
लिपटना है तेरे अन्दर छुपे शरमाये शोलों से

तेरा होना ज़रूरी है
कहाँ है तू, कहाँ है तू

मैं इक चाहत का दीपक हूँ
धुआँ मसरूफ़ है मेरा, तेरा काजल बनाने में
हवा आहिस्ता चलती है वफ़ा के कारख़ाने में

तेरा होना ज़रूरी है
कहाँ है तू, कहाँ है तू

ये खेल है जारी सदियों से

ये खेल है जारी सदियों से
जो आया है वो जायेगा
जो जैसे पाप का भागी है
वैसी ही सज़ाएँ पायेगा

तुम खोट कपट के मनकों की
इक माला जपते रहते हो
लालच का सूरज लाल हुआ
तुम धूप में तपते रहते हो

मुस्कान तुम्हारे होंठों की
रिश्वत की कमाई जैसी है
जो प्रेम की बोली बोलते हो
ज़हरीली मिठाई जैसी हो

तुम लाख ज़मीनें हथियालो
इक क़ब्र के अन्दर सोना है
जंगल को जला कर घर कर लो
तुम्हें भस्म चिता में होना है

ये खेल है जारी सदियों से
जो आया है वो जायेगा
जो जैसे पाप का भागी है
वैसी ही सज़ाएँ पायेगा

इक आह उठेगी निर्बल की
अन्दर तक छू आयेगी तुम्हें
रोटी के नर्म निवालों से
इक ख़ून की बू आयेगी तुम्हें

तुम इक औरत की इज़्ज़त को
ख़ुद की जागीर समझते हो
कायर की तरह उसे नोचते हो
और ख़ुद को वीर समझते हो

ये खेल है जारी सदियों से
जो आया है वो जायेगा
जो जैसे पाप का भागी है
वैसी ही सज़ाएँ पायेगा

तेरे वजूद का एहसास है तो ज़िन्दा हूँ

तेरे वजूद का एहसास है तो ज़िन्दा हूँ
तू नूर बन के मेरे पास है तो ज़िन्दा हूँ

ये तेरे नूर की पाकीज़गी का सदक़ा है
कि ज़िन्दगी किसी दरगाह जैसी लगती है

तेरे क़रीब गुज़रता है वक़्त कुछ ऐसे
कि जैसे चलती है सूफ़ी के हाथ में तस्बीह

ये मेरी रूह वो मरमर की फ़र्श है जिसकी
फ़रिश्ते अपने परों से सफ़ाई करते हैं

ज़मीं पे इत्र छिड़कती है बेख़ुदी मेरी
तो फैलती है महक सात आसमानों तक

जुनून लिखता है मेरा हवा के काग़ज़ पर
चमकते रहते हैं कुछ लफ़्ज़ आयतों की तरह

सवालिया सा निशाँ था जो मेरे माथे पर
मिटा दिया उसे दीवानगी के सजदों ने

मेरे वजूद में उतरा है केसरी सूरज
जो तू मिला तो मुकम्मल सा हो गया हूँ मैं

तेरे वजूद का एहसास है तो ज़िन्दा हूँ
तू नूर बन के मेरे पास है तो ज़िन्दा हूँ

तेरे बाद भी

मैं तेरे बाद भी अक्सर तेरे ही साथ रहता हूँ
मैं तेरे बाद भी अक्सर तेरे ही साथ रहता हूँ

ये दुनिया कह रही है अब नहीं है तू नहीं है तू
इसे मैं कैसे समझाऊँ यहीं है तू, यहीं है तू

तू मेरे साथ रहती है
तू अपनी ओढ़नी से पोंछती है मेरे चेहरे को
मेरे उलझे हुए बालों में तेरी उँगलियाँ कंघी सी चलती हैं
मेरे बिखरे हुए कमरे को तू जन्नत बनाती है
तू मेरी गलतियों पर टोकती है
शराबों के नशे से रोकती है

तू जब जब मुझ पे चिढ़ती है मैं तेरी डाँट सहता हूँ
मैं तेरे बाद भी अक्सर तेरे ही साथ रहता हूँ

अभी तक मैं नहीं भूला वो तेरी मौत का मंजर
तुझे दफ़ना के दुनिया जा चुकी थी
जगा कर, क़ब्र से तुझको मैं अपने साथ लाया था
तुझे ख़ुद में छुपा कर रख दिया था मैंने चुपके से

तेरी होंठों पे खिलता हूँ तेरी आँखों से बहता हूँ
मैं तेरे बाद भी अक्सर तेरे ही साथ रहता हूँ

सपने को ज़िन्दा रहने दे

ख़ुद के अन्दर छुप कर बैठा
मन ही मन पछतायेगा
सपने को ज़िन्दा रहने दे
वरना तू मर जायेगा

इच्छाओं की जलती लौ पर
यूँ ना मिट्टी डाला कर
कब तक अँधियारे में रहेगा
जीवन काल न काला कर

हाथ की रेखाएँ हैं किरनें
मुट्ठी खोल उजाला कर
सपने को सर्दी लगती है
थोड़ी धूप निकाला कर

गर सूरज को क़ैद किया तो
क्या उजियारा पायेगा
सपने को ज़िन्दा रहने दे
वरना तू मर जायेगा

31 दिसम्बर

ये एक साल भी तेरे बग़ैर बीत गया
वफाएँ हार गयीं और ज़माना जीत गया
फिर आज एक कैलेंडर बदल दिया मैंने
जो तू नहीं है तो सब कुछ अधूरा लगता है
ये कामियाबी, ये इज़्ज़त, ये नाम, ये शोहरत
किसी के ज़ख़्म पे रंगीन पट्टियाँ जैसे

तेरे बग़ैर गुज़रती है ज़िन्दगी ऐसे
मैं जैसे ईंट के नीचे रखा हुआ ख़त हूँ
जो अपने अस्ल पते पर पहुँच नहीं पाया
वो ख़त के लफ्ज़ कि जिनमें था तेरे ज़िक्र का शहद
उन्हें समय की चतुर चींटियों ने चाट लिया

वफ़ाएँ हार गयीं और ज़माना जीत गया
ये एक साल भी तेरे बग़ैर बीत गया

क़ब्र के पास

वो तेरी और मेरी एक देहाती मोहब्बत
वो अक्सर याद आती है
वो तेरी और मेरी पहली मुलाक़ात
वो 22 जून की धीमी सी बारिश
वो स्टेशन का सन्नाटा
जहाँ पहली दफ़ा एक साँवले से चाँद को देखा था मैंने
उसी की रौशनी ने रूह पर इक इश्क़ की रेखाएँ खींची थीं

वो तेरी और मेरी एक देहाती मोहब्बत
वो अक्सर याद आती है

वो एक मासूम सा बचपन
वो अलसाई हुई फ़ुर्सत
कि जिसके बेंच पर हम बैठकर साबुन के ग़ुब्बारे बनाते थे

बड़ा अच्छा समय था वो
तेरे सूखे हुए होंठों से गीले लफ़्ज़ कुछ ऐसे निकलते थे
कि जैसे केतली से चाय की बूँदें टपकती हैं

कड़ी सर्दी के कोहरे मैं
गुलाबी शॉल में ऐसे लिपट जाते थे हम दोनों
कि जैसे डायरी में मोर के दो पंख रखे हों

कोई मौसम हो मेरा चाँद मेरे साथ रहता था
मगर अब
वो मेरा साँवला सा चाँद बुझ गया है

अकेला इस अँधेरे में खड़ा मैं सोचता हूँ
जुदाई का ये गहरा ज़ख़्म सिल जाये तो अच्छा है
मेरी मिटटी तेरी मिट्टी में मिल जाये तो अच्छा है

इक बातूनी सी लड़की थी

इक बातूनी सी लड़की थी, अव अक्सर चुप-चुप रहती है
क्या जानें कौन उसे तोड़ गया, जाने किस का दुख सहती है

आतिफ़ असलम के गानों का, इक फोल्डर उसके फ़ोन में है
अव तो म्यूज़िक भी नहीं सुनती, रब ही जाने किस ज़ोन में है

इक सूरज उसमें जलता है, इक नदिया उसमें बहती है
इक बातूनी सी लड़की थी, अब अक्सर चुप-चुप रहती है

सब्ज़ी काटे वो रसोई में, उँगली पे छुरी चल जाती है
नल उसका खुला रह जाता है, रोटी अक्सर जल जाती है

अब कौन भला उससे पूछे, किस ध्यान में खोयी रहती है
इक बातूनी सी लड़की थी, अब अक्सर चुप-चुप रहती है

फिर छत पे अकेली बैठी है, हर लम्हा फ़ुरसत है उसको
विधवा की तरह कपड़े उसके, रंगों से नफ़रत है उसको

बड़ा प्यार था उसको रंगों से, ये उसकी सहेली कहती है
इक बातूनी सी लड़की थी, अब अक्सर चुप-चुप रहती है

चन्दू

चलो ये ठीक हुआ आज मर गया चन्दू
दुखों की राहगुज़र से गुज़र गया चन्दू

किसी अभागी ने फ़ुटपाथ पर जना था उसे
यहीं हुआ था वो पैदा यहीं जवान हुआ

बना के ईंट का तकिया वो एक पुल के तले
बिना रज़ाई के पेपर बिछा के सोता था
हुआ था इश्क़ उसे एक कचरे वाली से
सड़क पे छह बजे झाड़ू लगाने आती थी

उसी की आँखों में रोशन थी कायनात उसकी
वो दो दिलों की केमिस्ट्री बड़ी अजीब सी थी
वो उसकी साँवली मैली कुचैली-सी मिस वर्ल्ड
ये उसका बावला पतला सा भूका सुपरस्टार

वो आज शाम को शादी रचाने वाले थे
छुपा के रखे थे पैसे जो टिन के डिब्बे मैं
वो उनसे शादी के कपड़े ख़रीद लाया था

सफ़ेद कार कुचलकर चली गयी उसको
उड़ा है चर्च की दीवार पर लहू उसका

पड़ी है लाश, लहू चाटते हैं कुछ कुत्ते
मगर ये न्यूज़ तो ऐसी नहीं कि छप जाये

गटर में डाले कोई लाश उस दीवाने की
कि म्युनिसिपैलिटी को फ़ुसरत नहीं उठाने की

दिवाली

ग़रीब की रात काली काली तो क्या दिवाली
उजाले की हो अगर दलाली तो क्या दिवाली

सवेरे से एक बाँसुरी तक नहीं बिकी है
खिलौने वाले की जेब ख़ाली तो क्या दिवाली

फिर एक निर्धन के घर में चूल्हा नहीं जला है
जो भूके बच्चे बजाएँ थाली तो क्या दिवाली

ये ज़िन्दगी है कि नीम का रस पिला रही है
उधार ना दे मिठाई वाली तो क्या दिवाली

ग़रीब की रात काली काली तो क्या दिवाली
उजाले की हो अगर दलाली तो क्या दिवाली

औरत

अभी से क्यों डर रही है लड़की
अभी से क्यों मर रही है लड़की

अभी तो तेरी हथेलियों को बहुत से पत्थर निचोड़ने हैं
अभी तेरी बेबसी को बढ़ कर बहुत से क़ानून तोड़ने हैं

सहेगी यूँ अत्याचार कब तक
करेगी यूँ ही विचार कब तक

ठगेगा तुझको समाज कब तक
लुटेगी यूँ तेरी लाज कब तक

जो भय है उसको तू क्रोध कर दे
विवश नहीं बन विरोध कर दे

मिलेगा किस तरह न्याय तुझको
ये ढूँढ़ना है उपाय तुझको

तू धूल को अब गुलाल कर दे
समय के सूरज को लाल कर दे

जो तेरे अस्तित्व को नकारे वो पुस्तकें आज फाड़ दे तू
जिसे उखाड़े न कोई आँधी शिखर पे वो शूल गाड़ दे तू

अभी से क्यों डर रही है लड़की
अभी से क्यों मर रही है लड़की

अभी तो तेरी हथेलियों को बहुत से पत्थर निचोड़ने हैं
अभी तेरी बेबसी को बढ़ कर बहुत से क़ानून तोड़ने हैं

चलो अच्छा किया तुमने

चलो अच्छा किया तुमने
मेरे प्रस्ताव को ठुकरा दिया है
मेरा क्या है मैं हूँ ही क्या
पुराने न्यूज़ पेपर की तरह जज़्बात हैं मेरे
कि जिस पर चाय के कप से बने कुछ गोल धब्बे हैं
मगर हर गोल धब्बे में तुम्हारा ही तो चेहरा है
मगर ये तुम न समझोगी
चलो अच्छा किया तुमने
मेरे प्रस्ताव को ठुकरा दिया है

ऐ रौशन शहर के बूढ़े समन्दर

ऐ रौशन शहर के बूढ़े समन्दर
ये कैसा दर्द मुझमें पल रहा है
तेरा सारा नमक जैसे मेरी आँखों में आकर गल रहा है

तेरे साहिल पे जिसके साथ मेरी दोपहर भी शाम जैसी थी
वो जिसकी ओढ़नी सूरज से लड़कर धूप से मुझको बचाती थी
वो अपनी ओढ़नी मुझसे छुड़ा कर जा चुकी है
वो मेरे ख़त हवाओं में उड़ा कर जा चुकी है
मेरी मासूम सी ख़्वाहिश मिटी है इस तरह जैसे
कोई चिड़िया किसी पत्थर के नीचे दबके मर जाये

बहुत चाहा कि उसको भूल जाऊँ
मगर इस रूह से उस इश्क़ की रेखा नहीं मिटती

मैं जिन जलते हुए सपनों पे मिट्टी डाल आया था
अब उनकी क़ब्र से काला धुआँ बाहर निकलता है

धुआँ इन धड़कनों को छल रहा है
ऐ रौशन शहर के बूढ़े समन्दर
ये कैसा दर्द मुझमें पल रहा है
तेरा सारा नमक जैसे मेरी आँखों में आकर गल रहा है

जेलॅसि

मेरा ठुकराया हुआ चाँद
जब किसी छत के तले
बल्ब की तरह किसी और के कमरे में जले

मेरी मगरूर मुहब्बत को जलन होती है
मेरी तन्हाई के माथे पे शिकन होती है

एक लड़की

एक लड़की मनचली सी
उसकी ख़ुशबू सन्दली सी
रस भरी आवाज़ उसकी
बात मिसरी की डली सी

सर्दियों की धूप जैसी, गर्मियों की शाम जैसी
कँपकँपाते होंठ पर, एक थरथराते नाम जैसी
शहर की मसरूफ़ियत में, गाँव के त्यौहार जैसी
वक़्त ऑफ़िस की घुटन सा, और वो रविवार जैसी
सुस्त अलसाये दिनों में, दोपहर की चाय जैसी
ज़िन्दगी की उलझनों में, दोस्तों की राय जैसी

एक सूफ़ी की ज़बाँ जैसी थी वो
दिल की मस्जिद में अज़ाँ जैसी थी वो

कल अचानक मॉल में देखा उसे बरसों के बाद

आँख के घेरे हैं काले, थोड़ी मोटी हो गयी है
बिखरी बिखरी ज़ुल्फ़ उसकी, लम्बी चोटी हो गयी है

अब वो लड़की एक औरत बन गयी है
दूसरे के घर की इज़्ज़त बन गयी है

याद तो होगी वो गर्मी की शाम तुम्हें

याद तो होगी वो गर्मी की शाम तुम्हें
और समन्दर का साहिल
अक्सा बीच की भीगी रेत पे नंगे पाँव चलते हुए
दूर निकल आये थे हम दोनों
शाम के हलके सन्नाटे में
नर्म हँसी की गूँज तुम्हारी
एक मासूम शरारत से
अपने कोमल हाथ से तुमने
एक मुट्ठी भर रेत उछाली थी मुझ पर

अक्सा बीच से कुछ दूरी पर
एक बड़े से पत्थर पे
आज अकेला बैठा हूँ मैं
और मुट्ठी भर रेत तुम्हारी रूह पर अब तक रेंग रही है
आती जाती लहरें मुझसे पूछ रही हैं
अब वो हँसी की गूँज किधर है, अब वो कोमल हाथ कहाँ है
वो पगली अल्हड़ सी लड़की, जो थी तेरे साथ, कहाँ है

एक चाँद

चाँद जब चारपाई पर बैठा
चाय पी पी के शेर पढ़ता है
तारे ताली बजाने लगते हैं
और गगन देखता है हैरत से

कुछ लफ़्ज़ बिखरे बिखरे

तुझको सोचा आँख में आँसू तब आया है जान

तुझको सोचा आँख में आँसू तब आया है जान
दर्द की गाड़ी में कुछ डीज़ल भरवाया है जान
अब तू चाहे तो मेरा दिल तोड़ भी सकती है
आज ही मैंने दिल का बीमा करवाया है जान

अब टपकने लगी हो आँखों से

अब टपकने लगी हो आँखों से
इस क़दर मुझ में भर गयी हो तुम
मैंने तुमको गले लगाया था
और मुझ में उतर गयी हो तुम

तेरी आँखों की रोशनी की क़सम

तेरी आँखों की रोशनी की क़सम
कोई कैंडल नहीं जलाता हूँ
जब से छूटा जनम-जनम का साथ
मैं जन्मदिन नहीं मनाता हूँ

सब किताबें फाड़ दीं

सब किताबें फाड़ दीं जाहिल हुआ क़ाबिल हुआ
कुछ फ़क़ीरों में ज़रा शामिल हुआ क़ाबिल हुआ
ज़िन्दगी की डिग्रियाँ लेकर मैं अनपढ़ ही रहा
इश्क़ के स्कूल में दाख़िल हुआ क़ाबिल हुआ

पुरानी डायरी से

पुरानी डायरी से कुछ नयी ग़ज़लें सुनाऊँगा
अगर तुम सुनने आओगी कई ग़ज़लें सुनाऊँगा
मैं दिल की राख से लिखता हूँ सो रंगीनियाँ कैसी
धुएँ से लफ़्ज़ होंगे सुरमई ग़ज़लें सुनाऊँगा

वो अगर चाहती तो मिट जाता

वो अगर चाहती तो मिट जाता
फ़ासला दरमियान थोड़ा था
मेरी सीता न मिल सकी मुझको
मैंने भी इक धनुष को तोड़ा था

एक उलझी सी डोर है दुनिया

एक उलझी सी डोर है दुनिया
जिसका कोई सिरा नहीं मिलता
मज़हबी जाहिलों को समझा ः दो
नफ़रतों से ख़ुदा नहीं मिलता

उसने हसीन आँखों पे चश्मा चढ़ा लिया

उसने हसीन आँखों पे चश्मा चढ़ा लिया
छोटी सी कायनात पे पर्दा चढ़ा लिया
मेरे क़दम भी रुक गये सिन्दूर देखकर
उसने भी अपनी कार का शीशा चढ़ा लिया

आज फिर इश्क़ में दिल टूटा है

आज फिर इश्क़ में दिल टूटा है
वो पड़ी है मेरे जज़्बात की लाश
फिर वही दर्द मिटाने का जतन
फिर किसी दूसरी लड़की की तलाश

चन्द सिक्के थे जो खोटे निकले

चन्द सिक्के थे जो खोटे निकले
ये बड़े लोग तो छोटे निकले
मैं भी माटी मिला गंगाजल था
तुम भी फूटे हुए लोटे निकले

दर्द यूँ लम्हा लम्हा बढ़ता है

दर्द यूँ लम्हा लम्हा बढ़ता है
जैसे चुपचाप दरिया चढ़ता है
दिल मेरा एक मोम का मोमिन
धूप में भी नमाज़ पढ़ता है

मुझे भुलाने की कोशिशों में

मुझे भुलाने की कोशिशों में
वो मेरे ख़त को जला रहे थे
उन्हीं की आँखों से गिरते क़तरे
सुलगते ख़त को बुझा रहे थे

हमारे दरमियाँ है एक दरिया

हमारे दरमियाँ है एक दरिया
मगर ये हैं कि बस पुल देखती हैं
ब्लैक एंड व्हाइट हैं आँखें तुम्हारी
मगर सपने कलरफुल देखती हैं

मैं बिन पंखों का जुगनू था

मैं बिन पंखों का जुगनू था जहाज़ी कर दिया मुझको
ग़ज़ल ने छू लिया 'तनवीर ग़ाज़ी' कर दिया मुझको
नयी मस्जिद के बाजू घर है उस अल्हड़ सी लड़की का
मुहब्बत शुक्रिया तूने नमाज़ी कर दिया मुझको

वो रौशनी अभी निकली है तेरे चेहरे से

वो रौशनी अभी निकली है तेरे चेहरे से
कि काँप काँप गये हैं अँधेरे, चेहरे से
वो पोंछती थी दुपट्टे से मेरी तस्वीरें
निगाह फेर ली है जिसने मेरे चेहरे से

मैं तिरे दिल में मुसाफ़िर की तरह रहता हूँ

मैं तिरे दिल में मुसाफ़िर की तरह रहता हूँ
एक मस्जिद में भी काफ़िर की तरह रहता हूँ
अपने फ़न पर कभी बाज़ार को हावी न किया
फ़िल्मी दुनिया में भी साहिर की तरह रहता हूँ

हवा में उड़ते रहते हैं मेरी तक़दीर के टुकड़े

हवा में उड़ते रहते हैं मेरी तक़दीर के टुकड़े
मैं छत पर छोड़ आया था तेरी तस्वीर के टुकड़े
किसी ने तन मुझे समझा किसी ने वीर समझा है
पढ़े लिख्खों ने कर डाले तेरे तनवीर के टुकड़े

मेरी आँखें हैं बन्द भी तो क्या

मेरी आँखें हैं बन्द भी तो क्या
क्या है दिल की नज़र बता दूँगा
चूड़ियों की खनक सुनूँगा और
चूड़ियों का कलर बता दूँगा

हर काम अच्छे से करने लगा हूँ

हर काम अच्छे से करने लगा हूँ
मैं थोड़ा-थोड़ा सुधरने लगा हूँ
जिस दिन से उसने घड़ी गिफ़्ट की है
मैं वक़्त की क़द्र करने लगा हूँ

किसी के इश्क़ को ऐसी तड़प क़िस्मत से मिलती है

किसी के इश्क़ को ऐसी तड़प क़िस्मत से मिलती है
तेरे बिन साँस लेता हूँ तो मेरी रूह छिलती है
जो मेरी धड़कनें सुनके समझ लेती थी मेरा दुःख
उसे तो अब ख़बर भी मेरी अख़बारों से मिलती है

कुछ बरस मेरे ख़्वाबों में आने के बाद

कुछ बरस मेरे ख़्वाबों में आने के बाद
वो मिली कल मुझे इक ज़माने के बाद
उसने रौशन किये मुझ पे सात आसमान
मेरे कमरे की कैंडल बुझाने के बाद

यहाँ से याद मेरी उम्र भर न आये तुझे

यहाँ से याद मेरी उम्र भर न आये तुझे
मैं जब मरूँ भी तो मेरी ख़बर न आये तुझे
ख़ुदा करे कि भरी बारिशों में बिछड़ें हम
कि मेरी आँख में आँसू नज़र न आये तुझे

खिलौना जिस्म का इस बार टूट सकता है

ख़िलौना जिस्म का इस बार टूट सकता है
कि इस सफ़र में तेरा साथ छूट सकता है
छटाँक भर का समझते हैं मुझको साहूकार
वो वज़्न हूँ कि तराज़ू भी टूट सकता है

दुखी मौसम में इक लम्हे की ख़ुशहाली निकल आयी

दुखी मौसम में इक लम्हे की ख़ुशहाली निकल आयी
मेरे तकिये से तेरे कान की बाली निकल आयी
तुम्हारा नाम कच्ची क़ब्र की मिट्टी पे लिख्खा था
जहाँ थे शब्द उस हिस्से पे हरियाली निकल आयी

हवा इक पल में रेशम बन गयी है

हवा इक पल में रेशम बन गयी है
नयी ख़ुशबू का मौसम बन गयी है
कई दिन से ये सन्नाटा था ज़ख़्मी
तेरी आवाज़ मरहम बन गयी है

जो मुझको छोड़ गया था, वो क्यों बुलाये मुझे

जो मुझको छोड़ गया था, वो क्यों बुलाये मुझे
उसे कहो कि न इस तरह आजमाये मुझे
मैं उसके वास्ते अब दूर का सितारा हूँ
इसी में उसका भला है कि भूल जाये मुझे

क्या ख़बर थी कि दिल फिर उधर जायेगा

क्या ख़बर थी कि दिल फिर उधर जायेगा
हम तो समझे थे बच्चा सुधर जायेगा

वो आँखें जिनकी सुन्दरता पे नज़्में लिख रहा हूँ मैं

वो आँखें जिनकी सुन्दरता पे नज़्में लिख रहा हूँ मैं
उन्हीं आँखों से पूछा जाये कैसा दिख रहा हूँ मैं

जो हो सके तो अदा कर कि तेरा फ़र्ज़ है कुछ

जो हो सके तो अदा कर कि तेरा फ़र्ज़ है कुछ
तेरे बदन पे मेरी करवटों का क़र्ज़ है कुछ

बेवफ़ाई की भी उसको वाजबी क़ीमत मिली

बेवफ़ाई की भी उसको वाजबी क़ीमत मिली
मेरे फ़न के साथ उसके हुस्न को शोहरत मिली

मैं चाहता हूँ कि दीपक जले, हवा न चले

मैं चाहता हूँ कि दीपक जले, हवा न चले
मैं उससे प्यार करूँ और उसे पता न चले

हर एक नर्म किरन इत्र में नहाई है

हर एक नर्म किरन इत्र में नहाई है
ये धूप उसके दुपट्टे से छन के आयी है

ये इश्तिहार सी दुनिया तो झूट मूट की है

ये इश्तिहार सी दुनिया तो झूट मूट की है
अब आदमी की नहीं क़द्र, सूट बूट की है

इसी फ़ज़ा में पला है यहीं पे उतरेगा

इसी फ़ज़ा में पला है यहीं पे उतरेगा
सफ़र के बाद परिन्द्रा ज़मीं पे उतरेगा

ज़माना बूँद को तरसेगा जब बरसात जायेगी

ज़माना बूँद को तरसेगा जब बरसात जायेगी
हमारी सोच की बरखा हमारे साथ जायेगी

❑❑